JN068474

王子様なんて、こっちから願い下げですわ！

～追放された元悪役令嬢、魔法の力で見返します～

登場人物紹介
characters
アルバート
テオフィルス王国の王太子。冷静沈着で、普段は感情を他人に見せない美青年。セシリアのことを大切に想っている。
セシリア
元ブラットリー公爵令嬢。アンジェリカの登場により、王国から追放されてしまう。負けず嫌いで、情に厚い一面もある。

ライオネル
パーシヴァル王国の王太子。セシリアの元婚約者。元は尊大だが茶目っ気があり親しみやすい性格だった。
バーナード
レヴィンズ侯爵家の子息。アルバートの友人。女性の扱いに慣れている優男。
レイリ
全身黒い服に覆われた、謎多き魔女。自由気ままな性格で、誰にでも分け隔てなく話す。
アンジェリカ
ブラットリー公爵令嬢で、セシリアの異母妹。一連の事件の首謀者。でもその正体は……？
ヒパティカ
セシリアの守護精霊。外見は大人になったが、中身は子どものまま。

目次

プロローグ 006
第一章　街と荒廃と私 011
第二章　異母妹と魔女と私 052
第三章　将軍と遊び人と私 093
第四章　魔女と守護精霊と私 127
第五章　異母妹と私と決着 170
エピローグ 233
番外編　思い出の花束 239

プロローグ

ブラットリー公爵領から王都に向けて、出発の日がやってきた。

壊滅状態かと思われた商隊は出発当初のまま、むしろ州都で積み荷を積んだ分だけ、荷物も増え立派な馬車が一台増えている。

「こんな馬車に乗って大丈夫かしら。やっぱりわたくしは荷台の方が……」

レオンが用立てた馬車は、公爵家の紋章こそないものの、それは立派なものだった。

人間よりも装飾の方が重そうな目の前の馬車では、また盗賊の標的になるのではと不安が湧いてくる。

やはりテオフィルスを出発したとき同様、箱馬車の荷台に乗るべきかと思案してしまう。

「姉様。お願いですからそんなことは言わないでください」

見送りに来ていたレオンが今にも泣きそうな顔で言った。

訂正。

「公爵家の令嬢たる姉様が、こんな馬車の荷台に乗るだなんて……」

泣きそうな顔ではなく、実際に泣いていた。

だが私に言わせれば、馬車の荷台でも自力で歩かなくて済むだけ何倍もましだ。車輪の振動がじかに伝わるので、長時間乗っていると腰が痛くなってしまうのは事実だが。

きっと数年前の私なら、レオンの言葉に欠片の疑問すら抱かなかっただろう。

それどころか、荷物のように馬車の荷台に乗るだなんて、とてもではないが許容できなかったはずだ。

「今の私は、セシリア・ブラットリーではなくピアよ。家名を持たない、ただのピアなの」

言い聞かせるようにそう言うと、レオンは涙を拭おうともせず頬を膨らませた。

子どもの頃から、何か不満なことがあるとレオンはよくこんな顔をしたものだ。

昔と変わることのないその表情に、本当の彼が戻ってきたのだと思わず頬が緩んでしまう。

もう二度と、見ることはないと思っていた彼に。

「セシ……ピア、そう言わずに馬車に乗ってくれ。ここから君はただの平民ではなく、レオンからの贈り物をアンジェリカに運ぶ商人だと話し合って決めただろう？　そうすれば王都でアンジェリカとの面会もしやすくなるし、公爵家から警備の人員を借りることも不自然ではなくなる。確かに大所帯になって動きが遅くなることは否めないが、我々の想像よりもパーシヴァル国内の治安は悪化している。頼むから聞き分けてくれ」

困ったような顔でアルバートに言われると、まるで私が一人でわがままを言っているみたいじゃないか。

なんとなく腑(ふ)に落ちないものを感じるが、確かにアルバートの言う通りだ。私は不承不承で頷(うなず)く。

「うう……姉上！」

すると何がレオンの琴線(きんせん)に触れたのかは知らないが、傍(かたわ)らにいたレオンが突然抱き着いてきた。

あまりにも突然のことで避けることもできず、私は一瞬頭が真っ白になった。

以前の私なら驚きつつも仕方がないと笑って彼を受け入れただろう。

だが、苦境を経験した私の身体は正直だった。

病弱だったとはいえ私より力強い腕を持つ弟に怯(おび)え、全身に震えが走る。

もしかしたらこのまま暴力を振るわれるのではないかと、あるはずのない危険まで幻想する始末だ。

「やめろよ！」

そこに飛び込んできたのは、私の精霊であるヒパティカだった。

未だ半信半疑であるものの、生まれつき魔女だという私と共に生まれた、私の守護精霊らしい。

レオンに取り付いていた魅了の魔力を取り込んだことにより、出会ったときは白い毛玉だったその姿も、今では立派な成人男性に見える。

白銀の髪は長く伸び、瞳の色は私と同じ薄紫色。

まるで彫刻のように整った顔立ちは近寄りがたい雰囲気を醸(かも)し出しているが、喋(しゃべ)ると途端に子どもっぽくなるのが玉に瑕だ。

ヒパティカは強引にレオンから私を引き剥がすと、子どもの姿だったときと同じように抱き着いてきた。

この癖は、いくら言っても治らないので困ったものだ。

といっても、ほんの少し前は私のみぞおちあたりの位置にあったその顔が、今は私の顔の上にあるのだからなんだか不思議な気分だ。

更に不思議なのは、実の弟であるレオンには恐怖を覚えたというのに、ヒパティカに抱き着かれても恐ろしいとは思わないことだった。

出会ってからずっと、この獣は私の味方だ。

だが逆に、レオンを完全に信頼するまでには、いましばらくの時間が必要そうだった。

ヒパティカに突き飛ばされた形になったレオンは、悲しそうな顔でこちらをじっと見ている。

私たちの間には気まずい空気が流れた。

「レオン。この間も言ったが――」

見かねてアルバートが私たちの間に入ってくれた。

どちらもアンジェリカによって操られていた二人ではあるが、魅了が解けてからの時間が長い分だけアルバートの方がましだ。

情けないことに、私はアルバートが来てくれたことに、少しだけほっとしていた。

ひどい扱いを受けたという意味では二人に対する感情は同じはずなのに、過ごした時間が長い分だけアルバートの方がまだ少し安心できると感じていた。

州都に入ったときは私とアルバート、それにヒパティカの三人きりであったのに、出るときには馬車一台と荷車三台。

それに周囲を固める傭兵(ようへい)とレオンの裁量で貸し与えられた公爵家の私兵が十人以上と、私たちの集団は当初よりもかなり大所帯になっていた。

放逐(ほうちく)されたとはいえ元公爵令嬢なので高価な馬車に乗り慣れないとは言わないが、それでも底辺に近い生活を送ってきただけにどうにも落ち着かない。

外を見るための窓に張られた大きなガラスに感心するよりも、盗賊が狙ってくるのではと不安を覚えるのは、市井(しせい)の危険さを嫌というほど思い知らされた反動かもしれない。

馬車の荷台で女たちと共に運ばれていたときの方が身体への負担は大きかったが、気がまぎれたという意味ではましだった気がする。

＊＊＊

思えば、王都にいた頃の私は女性が苦手だった。もちろん男性が得意だったかと言われればそうではないが。

私と交流があった女性たちも、アンジェリカが現れて彼女が王太子であるライオネルの寵愛を受けるようになると、それまでの態度を一変させた。

こぞってアンジェリカのご機嫌取りをするようになり、そのためには私をないがしろにするのも厭わなかった。

嫌がらせの類はしょっちゅうで、最初は律義に傷ついていた私もそのうち心が鈍化して友人を作ろうなどという考えはしなくなった。

テオフィルスに来てから働いたお針子工房にいつまでも馴染めなかったのは、その考えのせいかもしれない。

私にとって周囲の人間は全て敵で、よくしてくれる相手もどうせいつかは裏切るのだろうという考えを捨てることができなかった。

少しだけ――ほんの少しだけ申し訳なかったなという気持ちが頭をよぎる。

最後は逃げるようにあの工房を辞めてしまったが、私にもう少し心の余裕があればあそこの人たちとも仲良くすることができたかもしれない。

結局荷台であの女たちと共にいて居心地の良さを感じたのは、彼女たちが私を元公爵令嬢だと知っていて、それとなく気を使ってくれていたからなのだろう。

彼女たちが騎士団所属だったなんていまだに信じられない気持ちもあるが、実際は元農民とはいえ盗賊相手に誰一人欠けることなく戻ってきたのだから良しとしよう。

「セシリア、どうかした？」

いつの間にか自分の考えに没頭してしまっていたらしく、気がつくとヒパティカが心配そうにこちらの顔を覗き込んでいた。

アルバートは以前のように傭兵に扮しているので、馬車の中は私とヒパティカの二人きりだ。

「なんでもないの」

この不安を話したところで、ヒパティカは首を傾げてしまうだろう。

彼はまだ、世の中のことがよくわかっていない。

そこでふと、このままではいけないのではないかということに気がついた。

さすがに彼のように見目のいい青年が、今のまま子どものような喋り方をしているのはあまりに不似合いだ。

王都に着いたら魅了に取り憑かれた人々を戻すために、ヒパティカを連れてあちこちに出入りすることになるだろう。

だが、このままでは不審がられてしまうかもしれない。

「ヒパティカ」

私が名前を呼ぶと、ヒパティカはまるで飼い主に呼ばれた犬のように全力でこちらに注目しているのが伝わってきた。

この態度が不快なんてことはちっともないけれど、やはりこのままではいけないだろうと私は思った。

「ヒパティカ。王都に着くまでお勉強よ」

私は、王都に辿り着くまでにヒパティカを一端の紳士に近づけるよう教育しようと決心した。

人間と関わり始めて一年も経ってない彼には酷なことかもしれないが、場に即した態度ができるようになれば、きっと今後の彼のためにもなるはずだ。

たとえ私がアンジェリカとの対決に敗れて彼を一人にすることになっても、人との接し方を教えておけば、この先彼が困ることはないだろう。

そんなことを私が考えているなんて、ヒパティカは想像もしないに違いない。

その無邪気とも言える不思議そうな顔を見て、私はそっと微笑んだ。

ヒパティカの顔が少しひきつったような気もしたが、きっと気のせいだろう。

＊＊＊

それからの日々は、ゆっくりとだが確実に過ぎていった。

王都への距離が縮まる中、私はヒパティカに貴族社会がいかに辛辣で油断できない場所か教え込んでいく。

休憩のたびにへろへろになって馬車を降りるヒパティカに、アルバートは怪訝そうな顔をしていた。

幸運だったのは、ヒパティカの物覚えがそう悪くはなかったことだろう。

どうやら生まれたときから私の傍にいたというのは本当らしく、無視できない重要人物の名前を教えると「あの嫌なかんじのおじさん？」とか、「おしゃべりが好きな人？」と端的な感想を述べていた。

名前で認識していないだけで、強烈な人物についてはきちんと個別に覚えているらしい。

皮肉なことに重要な人物ほどあくが強かったらしく、ヒパティカは鮮明に記憶していた。

試しにアンジェリカの名前を出したときは、それはそれは嫌そうに顔をしかめたのだ。

どうやら私が追い詰められていく中で、彼も必死に私が魅了にかからないようにと戦っていてくれたらしい。

生まれたときから傍にいると聞いてはいたが、そのことについてやっと実感がわいてきた。

基本的には私と似たような感性をしているらしく、各個人に対する印象が私の持つそれと似通っているのには驚いた。

といっても、語彙や言葉遣いがまだ幼いので、嫌いやそうでもないといった端的なものではあったが。

全てを教え込むには時間が足りないので、それらの人々の中の優先順位を教え、こうしておけば間違いないといった最低限のマナーを教え込んでいく。

将来王太子妃となったときにライオネルが失敗してもフォローができるよう、男性側のマナーまで徹底的に叩き込まれた甲斐があった。

当時は負担が重くなるばかりでつらかったが、人生どこで何が役立つかわからないものだ。

＊＊＊

昼は移動とヒパティカの教育にあてられ、夜は野営となった。

商隊の護衛につけられた騎士たちは、慣れた様子で野営の準備を進めていく。

今の私の役どころはアンジェリカへの荷物を運ぶ商人なので、以前とは違い野営の準備は手伝わなくてもよくなった。

けれどもう一年以上下働きを続けていたので、今度は自分だけ働かずにいるというのがひどく手持ち無沙汰に感じた。

ヒパティカはといえば、これ以上講義を続けられてはかなわないとばかりに、馬車から降りた途端に逃げていく。

嫌がりつつもやりたくないとは言わないのだから、まだ従順だといえるだろう。

幼い頃のライオネルなど、勉強の時間に逃げ出してはよく教師を困らせていた。彼は利発だが落ち着きのない子どもだった。

私が男性側のマナーまで覚えさせられたのも、きっとそのせいだろう。

今にして思えば、なんとも馬鹿馬鹿しい話ではあるが。

昔を懐かしみながら獣除けに焚かれた炎を眺めていると、ぽきりと背後で小枝の折れる音がした。

振り返ると、そこにはアルバートが立っていた。

夕闇が迫っている。

アルバートは何か言いかけた気がしたけれど、すぐに口を閉じたので気のせいだったかもしれない。

「……座ったらどうだ?」

そう言うと、アルバートはまとっていたマントを食材が入っていたらしい空の木箱の上に敷いた。

どうやらその上に座れということらしい。

手持ち無沙汰でいた私は、拒否する理由もないのでゆっくりとその上に腰を下ろした。

地面に置かれていたからか、木箱は私が腰かけたことでかすかにぐらつく。それでもしっかりとした造りなのか、壊れるのではと不安に思うことはなかった。

私が無事座ったことを見届けたアルバートは、余っていた木箱を隣において自らもそこに腰掛ける。

彼が獲物を捌いているところだって目にしているというのに、ずっと王族として見慣れた彼がそうしているのを見ると、どうしても違和感を覚えてしまうのだった。

きっと、彼の顔が上品すぎるからいけないのだ。

私の婚約者だったライオネルの方が、どちらかといえばこのような傭兵ごっこを好みそうである。

国が違うとはいえ王族同士、そもそもそんな風に比べることすらおかしいのかもしれないが。

そんな奇妙な感慨に浸っていたせいで、炎の明かりに照らされたアルバートがじっとこちらを見ていることに気づくのが遅れた。

「……なんですか？」

何か言えばいいのに、今日のアルバートはやけに物静かだ。

もともと騒がしい方ではないけれど、それでもテオフィルスで再会してからは、以前よりも口数が増えたなと感じていた。

ふと、彼に大切だと言われたときのことを思い出し、なんとも落ち着かない気持ちになる。

自分を貶めた連中など絶対に赦さないと思っていたのに、アルバートのことは流されるままに許容してしまっている気がして、なんだかもやもやした。

以前の私は少なくとも、こんな風にいつの間にか絆されるような人間ではなかったはずなのに。

お互いに黙りこくってしまったので、私たちの間には何とも言えない奇妙な沈黙が流れた。

「——どうやらパーシヴァル国内は、思った以上に悪い状況のようだ」

口火を切ったのは、アルバートの方だ。

唐突な話題だったが、私も同じことを考えていたのですぐに彼が言わんとすることを察することができた。

「ええ。ブラットリーが特別酷い状況なのかと思っていましたが、甘かったですね。むしろ王都に近づけば近づくだけ、治安が悪くなっていくような気がします」

実はブラットリー公爵領の州都を出発してから十日の間に、既に二回の盗賊被害に遭遇していた。

片方は前回のように食べるのに困った元農民だったのでさほど被害は出なかった。問題は二回目の方である。

こちらは慣れた傭兵崩れの犯行であり、こちらにも少し怪我人が出てしまった。

国が管理している街道を進んでいてこれなのだ。

民間の商隊としては過分な戦力を持っているので危うさこそないものの、その回数の多さには驚きと苛立ちを覚えた。

国は一体、何をしているのだ。

街道の治安が悪化すれば、物流は滞り経済活動が低下してしまう。

道は国を流れる動脈だ。

流れが滞れば当然国全体に影響が出る。

物が不足すれば当然価格が高騰し、奪い合いとなるだろう。

それが贅沢品の類であればまだいいが、人間の生命活動に必要な塩などであればすぐさま庶民の生活にも影響が出てしまう。

もしこの治安の急激な悪化がこの街道だけでなく、国中で起きていたとしたら――……。

私は頭を抱えたくなった。

アンジェリカというたった一人の女の手によって、この国は今急激な凋落を迎えようとしている。

私を追い出した国になど勿論未練はないが、それでも想像もできないようなたくさんの人が苦しむのだと思うと、心が塞いだ。

一体アンジェリカは、この国をどうしようというのか。

彼女の魅了の魔力がどれほど強力であろうとも、その魔力でパーシヴァルの国民全部をたばかることなど不可能だろう。

実際、ブラットリーの州都には現状に不満を持つ人がたくさんいた。

もし全国的にこの状態だとしたら、そう遠くない未来に暴動や反乱が起こってもちっともおかしくない。

「君が、あまり思いつめる必要はない」

黙り込んだ私を案じたのだろう。

アルバートが心配そうな顔でこちらを見ていた。

確かに彼の言う通り、私が祖国を心配する理由なんて一つもない。私を見捨て、私を裏切った国である。

そのために心を砕く必要なんて何一つない。

そうわかっているのに、どうしてこんなにも胸が痛むのか。

長い間、私はいずれこの国の王妃になるための教育を受けてきた。いずれはライオネルと結婚して子を産み、次世代の王の母になるのだと言い聞かせられて育った。

その国が今熟した果実のように木から落ちて、カラスの鋭いくちばしで無残に食い荒らされようとしている。

そのことがどうしようもなく、やるせなく感じられてしまうのだ。

思考の世界から私を連れ戻したのは、ガサガサという焚火の薪が崩れた音だった。同時に大きく育った焚火が揺れ、近くにいた誰かの悲鳴が聞こえた。

私の視界いっぱいに火の粉が飛び、風にあおられてあたりに飛び散った。

「きゃっ」

突然の熱に私は思わず立ち上がり、その拍子に座っていた木箱をひっくり返してしまう。

アルバートが敷いてくれたマントが、地面について汚れてしまった。

そのことが無性に申し訳なく感じられて、私は悲しい気持ちでそのマントを見下ろした。

「大丈夫か?」

いつの間にか火の粉から私を庇うような位置に立ったアルバートは、突然手を伸ばして私の髪に触れた。

「なに⁉」

驚いて、思わず悲鳴じみた声をあげてしまう。

そんな私の声に驚いたのか、目の前にいるアルバートが目を丸くしているのが見えた。

「あ……急に触れてすまない。だが火の粉が残っていたら危険だ。はたき落としても？」

どうやら突然髪に触れてきたのは、私を慮(おもんぱか)ってのことらしい。確かに彼の言うことはもっともだったので、私は言われるがままその場でじっと立ち尽くした。

その間にアルバートははたき落とすというにはあまりにも丁寧に私の髪を見分し、まるで撫でるように髪についたかもしれない火の粉を払い落としていった。

野営の準備を進めていた商隊員たちも、先ほどの風で同じ目にあったのだろう。あちこちで同じように近くにいた者と己の服を確認し合っている。

そういえば火の粉が飛んでいつの間にか服が燃えているのが危ないのだと、以前雇った傭兵が言っていた気がする。

「もう動いていいぞ」

アルバートはそのなんともむず痒(がゆ)い見分を終えると、転がってしまった木箱を直した。そして、先ほどよりも少し火から離れた場所に叩いて土を落としたマントを敷き、即席の椅子をしつらえ直した。

そんなことより自分の服を確認しなくていいのかと、逆にこちらが心配になってしまう。

「待って」

ついに我慢できなくなって、私は思わず彼の服の裾を掴んだ。

「な、なんだ」

「なんだじゃないわ。ちゃんとあなたの髪や服も確認しなきゃ危ないじゃない」

そう言うと、なぜか煩(うるさ)い心臓の音を振り切るように、私は彼の髪や服を払い、火の粉がついていないか確認した。

古着のチュニックとズボンはともに草臥(くたび)れていて、硬い革の胸当てや籠手(こて)も王族にふさわしいものとは決して言えない。

しかしアンジェリカの魅了から解放されたアルバートは、ひどく凛(りん)としてまっすぐな光をその目に宿している。

軽く服を叩くと、その布の下には自分とは違う筋張った筋肉があるとわかった。再会したばかりの頃はひどく痩せこけて感じられたものだが、それでも彼の身体は私のそれよりずっとがっしりとしている。

鍛えられた身体も精悍(せいかん)な横顔も、私の知っているアルバートとは別人のようで、より一層落ち着かない気持ちになった。

「終わったわ」

「あ、ありがとう……」

アルバートは戸惑ったようにそう言うと、しばらくは茫然とその場に立ち尽くしていた。

私は再び木箱に腰掛けると、いつまでも立ち尽くしているアルバートに今度はこちらから声をかけた。

「座ったら?」

「あ、ああ……」

そんな騒動とも言えないような小さな出来事を経て、私たちはようやくその日の夕食にありつくことができたのだった。

＊＊＊

それから更に十日ほどの時間をかけて、私たちはようやく王都に到達した。

馬車を使ったからか、私と母がこの国を出たときにかかった時間を考えれば驚くべき速さだ。

馬車以外にも、ブラットリー公爵家の紋章を持つ騎士たちを伴っていたことも、決して無関係ではないだろう。

各都市にある城壁を越える際、この実家の紋章が大いに役に立った。

私がただの商人であったなら、おそらく手続きなどに時間を取られ、この倍以上の時間がかかったはずだ。

さらに付け加えておくなら、結局王都に着くまでに合計で五回の襲撃を受けた。

王都に近づくほど治安が良くなるということは全くなく、むしろ近づけば近づくだけ土地に充満する雰囲気は悪くなっているように感じた。

旅の後半に三回と襲撃の数が増えていることだけ見ても、王都近郊の治安の悪さが如実（にょじつ）に表れていると言えるだろう。

まるで戦地で兵糧（ひょうろう）を運んでいるかのごとき危険度だと言ったのは、クレイグだったろうか。

本当にその通りだったので、私はひどい冗談だと笑い飛ばすこともできなかった。

もちろんブラットリーの騎士とクレイグたちテオフィルスの騎士が警備についてくれていたので不安に思うことはなく、最後の襲撃などはまたかと呆（あき）れてしまったほどだった。

結果として幾人かの怪我人が出たものの後に響くような重症者はおらず、私たちは無事王都にある月熊商会の本店にたどり着いたのだった。

月熊商会は、商会が軒を連ねる商業区画の端の方に、ひっそりと存在していた。

それでもさすが王都の本店だけあって、普通の民家と比べれば十分に大きい。

私たちを出迎えたのは月熊商会の商会長補佐を名乗るジリアンなる人物で、その見た目は異様と言うほかなかった。

なにせ頭をつるつるに丸めているのに、顔には分厚い女性用の化粧。そしてその下の肉体は、正直ここまで一緒に旅してきた騎士の誰よりも分厚い筋肉に覆われていたからだ。

あまりにも予想外の人間が出てきたので、思わず私は唖然としてしまった。

「まあ、ようこそいらっしゃいましたぁ‼」

〝彼〟は甲高い声でそう言うと、笑顔で私たちを迎え入れた。

だが私とヒパティカ、それにアルバートとクレイグを奥の応接室まで何食わぬ顔で案内した後、扉を閉めた途端彼はその場に跪いたのだった。

そう――アルバートに向けて。

「殿下、先ほどの態度をお赦しください。ご無事のお着き、お慶び申し上げます」

その声は先ほどとは打って変わって、甘さなどかけらもない重低音だ。

「いや、長期の任務ご苦労。先に報せたように、今回の件は重要かつ秘密裏に事を運ばねばならない。お前の働きには期待しているぞ」

「はは！　お任せくださいませ。殿下のご期待に沿えるよう、粉骨砕身任務に当たらせていただきます」

どうやらアルバートは、先んじて王都に早馬を走らせていたようである。

アルバートとクレイグは何事もなかったかのように対応しているので、私の戸惑いだけが置いてきぼりにされている状況である。

「ええと、こちらの方は……？」

説明を求めれば、傍にいたクレイグがようやく説明してくれた。

「こちらに常駐している私の補佐です。名はジリアンといい、少し変わったなりですが信用できる男です。アルバート殿下の異変に最初に気づき、テオフィルスに戻るよう手配したのもジリアンでした。アルバート殿下が今もあの毒婦に惑わされたままこの国にいたらと思うと、正直ぞっとします」

普段は物静かなクレイグが、珍しく饒舌だった。

私がもう一度ジリアンの方を見ると、彼はなぜか睨みつけるような険しい顔をしてこちらを見ていた。

一瞬気のせいかとも思ったが、その視線を敏感に感じ取ったヒパティカが私とジリアンの間に割って入る。

「なんだ、お前」

ヒパティカが低い声で言う。

ありがたいが、初対面の相手にする態度としてはいただけない。

私は目の前のヒパティカの腕に手を伸ばし、ぎゅっとつねった。

「いた！」

振り返ったヒパティカは、まるで怯えた子どものような顔で私を見つめる。見た目は大人なので、そんな顔をされると何とも言えない気持ちになる。

「言ったでしょう？　王都に入ったらどんな相手にも丁寧な話し方をしなさいと」

そう言いながら、私は昔厳しくされた家庭教師のことを思い出していた。その家庭教師も、私が何かミスをするたびに服に隠れて見えない場所をつねったりしていたっけ。

もっとも、当時の私と違ってヒパティカは私がつねったくらいじゃびくともしないのだけれど。

そんなことを考えながら、私はヒパティカの身体を押しのけてジリアンの前に進み出た。

悪意を向けられるのなんて慣れっこだ。だが睨まれたからといって、この状況で相手を無視するという選択肢はない。

私はわざと古びた旅装には似合わないカーテシーをしてみせると、ジリアンに向かってにっこりと微笑んだ。

これから世話になるならなおのこと、どちらが上の立場なのか明確にしておかねばならない。

確かに今の私は公爵令嬢ではなくただの市民にすぎないけれど、これからなそうとしていることは、味方に侮(あなど)られながら達成できるようなことではないからだ。

「お初にお目にかかります。わたくしはセシリアと申しますわ」

傍にいたアルバートとクレイグが、驚いたように身じろぎしたのが視界の端に見えた。

ここまでかたくなに〝ピア〟だと言い張ってきたので、私が昔の名を名乗ったことに驚いたのだろう。

だがこの王都で商人をしているという男に、今更その名を名乗っても無駄だろうという気がした。

何よりジリアンの態度からして、彼は私のことを知っているようなのだから。

「お初にお目にかかります。セシリア・ブラットリー様」

「……その名は捨てましたの。ただのセシリアと呼んでください」

「もったいないお言葉でございます。セシリア様」

笑顔の裏に刃物を潜ませるような駆け引きじみたやり取りだ。

懐かしい。もうずいぶん遠ざかっていた気がするけれど、社交界ではこんなやり取りが常だった。

そういう意味では、先に目に見える形で敵意を示してくれたジリアンの方が、まだ親切で正直だとすら言えるかもしれない。

「まずは、王都の現状をお聞かせいただけますか？　私が去ってからどうなったのか、興味があります」

「そうだな。俺もセシリアが出国した後の出来事はあまり覚えていないんだ。聞かせてもらえるか？」

「かしこまりました。お湯を用意させましたので、まずは旅塵を落として身体をお休めになってください。信頼できる宿を貸し切ってございます」

どうやらこのジリアンという男は、胡散臭い見た目に反してかなり有能であるらしい。

早馬で知らせていたとはいえ随分準備のいいことだと思いつつ、彼の提案に従って私たちはその宿へ向かうことにした。

＊＊＊

ジリアンの言う宿はこぢんまりとしていたが調度の類は整っており、驚いたことに部屋にはバスタブまで用意されていた。

国を追われたときに何度か泊まったことのある安い宿は、お風呂どころかお金を渡してお湯をもらうのがやっとだったというのに。

これは宿というよりも、貴族が側室（そくしつ）を住まわせるために用立てた邸宅なのではという気がしてきた。

場所も宿が集まる区画ではなく、比較的裕福な市民が暮らす区画に位置している。

ヒパティカは同じ部屋で寝泊まりすると言ってきかないので、初めて出会ったときの毛玉姿に戻ってもらった。

流石（さすが）に、青年姿のヒパティカと同じ部屋に滞在するのは抵抗がある。

これまたジリアンが手配した口が堅いというメイドは、名をエリーといって薄幸そうな女性だった。

仕事ぶりに問題はないが、常にどこか怯えた様子なのが気にかかる。

とにかく彼女に手伝ってもらい、私は身支度を整えた。

部屋にある公爵令嬢時代と比べても遜色ないベッドを見る。

今ここに倒れこんだら、さぞいい夢が見られるに違いない。だが、今日はまだやるべきことがある。

ジリアンの報告を聞いて、今後の方策を話し合うのだ。

ダイニングに下りていくと、既に私以外の人間が揃(そろ)っていた。

アルバートとクレイグとジリアン。

先ほど話したメンバーと比べるとヒパティカだけが足りない。

慣れない旅でよほど疲れたのか、彼は毛玉姿のまま先に眠ってしまった。

クレイグとジリアンの二人は、食卓の近くに立ったままでいるのでどうやら食事をするつもりはないようである。

まあ、今までが異常だっただけで通常王子であるアルバートと臣下が食卓を同じくすることはないだろう。

「お待たせしました」

そう言って席に着こうとすると、アルバートが立ち上がり椅子を引いてくれた。

この家には執事がいないのでそうしたのかもしれないが、この場で最も上座にあるアルバートにそれをされると、なんとなく面(おも)はゆい。

それに、一連の流れを見ていたジリアンの目がきらりと光ったのがわかった。

もう断言しよう。明らかに彼は、私のことをよく思っていないようだ。

理由はわからないし、別に知りたくもない。ただ頼むから、こちらの邪魔になるようなことはしないでくれと思う。

良くも悪くも、私は人に嫌われることに慣れ過ぎていた。

「現状についてですが、社交シーズンの末にセシリア様の弟君であるレオン様が王太子であるライオネル殿下と刃傷沙汰を起こし領地に戻された以外は、何事もなく小康状態を保っております」

食事の前菜とともに供された話題は、あまりにも衝撃的だった。

「刃傷沙汰？」

「はい。アンジェリカ様を巡って口論となり、レオン様が剣を抜いたと。あくまで抜いただけですので双方とも怪我人はありませんでしたが」

久しぶりの贅沢な食事を楽しむには、あまりに刺激的な話題だ。

食欲もすっかり萎えてしまい、私は思わず手にしていたフォークを置いた。

「ジリアン……」

アルバートがたしなめるように言う。

私のことを気遣ってくれているのだろうが、ジリアンが報告しなかったからといってレオンの過ちが消えてなくなるわけではない。

次期国王であるライオネルに刃を向けたとなれば、普通は仔細問わず国家反逆の罪で車裂きの刑に処されてもおかしくはない。

「それで、どうしてレオンは無事なのですか？」

思わず、私はジリアンの報告を遮って問いかけた。

領地で再会したとき、レオンは処刑どころかぴんぴんしていた。再会した私に皮肉を言う余裕すらあったぐらいだ。

「王室はブラットリー公爵家との関係を慮って、事を内々に処理したようです。アンジェリカ様の嘆願もあったとか。ですので、表向きはレオン様の病気療養のための帰郷とされております。アンジェリカ様の周囲では刃傷沙汰も珍しくはないため大きな騒ぎにはなっていない模様です」

頭の痛みを覚え、私はこめかみを押さえた。

嘆願で反逆の罪が赦されるなど、あるはずがない。

それが命を助けられた上領地での蟄居(ちっきょ)ぐらいで済んでいるのは、偏(ひとえ)に現在のパーシヴァルが通常の状態ではないからだ。

王家をないがしろにする者を放置すれば、王家は侮られ、その権威は失墜する。自然と求心力は弱まり、貴族の専横を招く。

ましてレオンは、次期公爵である。

順位こそ低いものの、王位継承権も持っている。

弟のレオンが無事でよかったという気持ちはあるものの――そしてパーシヴァルがどうなろうが

関係ないという気持ちだってもちろんあるものの、私はこの国のあまりにも明るくなさそうな未来に思わずめまいがした。

「セシリア……」

アルバートが、心配そうにこちらを見ている。

今は頭を痛めている場合ではないと思い直し、私は改めてフォークを握り直した。

「ごめんなさい。続けて」

ジリアンが報告を再開し、私は前菜を食べ始める。

専属の料理人を雇っているのか、出された料理は味見た目ともに申し分ないものだった。

エリーがカートを押してやってきて、前菜の食器を片付け澄んだコンソメのスープを並べる。

どうやら、この邸の料理人は随分と腕がいいらしい。

本格的なコースもそうだが、コンソメのスープは、高級な具材を使い、なおかつ出汁(だし)のみを使うため贅沢の極みであり、上流階級の者しか口にできない料理である。

また、一口でコンソメといってもその製法は各家お抱えのシェフによるオリジナルレシピであり、それが外に漏れないよう厳密に管理されていた。

おいしいスープを作るシェフを雇っていることは貴族のステータスであり、それもまた身を飾る宝石などと同じように時には交渉に利用されたのである。

さて、久しぶりの贅沢な料理につい気を取られてしまったが、そんな場合ではないと私は気を取り直した。

スープ用のスプーンで音を立てないよう静かにスープを飲む。

そしてその瞬間、私の脳裏に雷のごときひらめきが走った。

「……どういうこと?」

私は一口でスプーンを置くと、ナプキンで口を拭いジリアンを睨みつけた。

「セシリア?」

同じくスープに舌鼓を打っていたアルバートが、突然語気を荒げた私に驚いたように手を止めた。

「今すぐシェフを呼んで! 理由を説明して頂戴っ!!」

もしかしたらという気持ちが、どんどん膨らんでいく。そうでなければいいと思うのに、思い浮かぶのは私の中での仮説を強化する出来事ばかりだ。

「かしこまりました」

いまいましいことにジリアンはにっこり笑って、うろたえるエリーにシェフを呼んでくるよう言いつけた。

まもなくやってきたシェフは、顔面蒼白だった。

この客人に一体どんな難癖をつけられるのだろうと、脱いだコック帽を持つ手がかすかにふるえていた。

その顔に見覚えはない。

だが、おそらく相手は私の顔を知っているはずである。

「教えて。あなたは一体ブラットリー公爵家とどういう関係なの？　このコンソメは公爵家のものと同じ味だわ。偶然同じ味になるなんてありえない！」

私の質問に、なりゆきを見守っていたアルバートが弾かれたようにジリアンを見る。

「私は……ブラッドリー公爵家で雇われていた料理長の弟子をしておりました。その後旦那様に命じられ、こちらのお屋敷で――」

「それで、この屋敷には一体誰が住んでいたの？」

問い詰めるような口調に気圧（けお）されたのか、それともほかに理由があるのか、男は言いよどんだ。

私は半ばその答えに見当がついていたが、それでも男の口からその言葉を聞かずにはいられなかったのだ。

「……こちらには、デボラ様とアン様がお住まいでした」

アンとは勿論アンジェリカのことであり、デボラは私の母から父を寝取った後妻の名前であった。

予想が的中し、私は怒りに肩を震わせながらスープを見つめた。

父は側室だったデボラのためにこの屋敷を用立て、自宅と同じ味の料理を味わうためにコックの弟子をこちらで働かせていたというわけだ。

もちろん私が怒っているのはコックに対してではない。

何も言わずこの屋敷に私を泊まらせようとした、ジリアンの方に腹を立てているのだ。

「どういうことだ、ジリアン」

私よりも先に、同席していたアルバートがジリアンに問いただす。

「デボラ様とアンジェリカ様が本邸に移り住んでこの屋敷が売りに出されたので、使用人ごと買い取っておきました。ちなみにセシリア様がご利用になっている部屋が、主寝室となっております」

あまりのおぞましさに吐き気をもよおし、私は口を押さえた。

それではあのバスタブもベッドも、デボラが使用したものだというのか。

そして時には、父が――。

「ジリアン！　なぜこのようなことを……っ」

アルバートが声を荒げる。

私は心底、母を連れてこなくてよかったと思った。もし母が贅沢に整えられたこの屋敷を見たら、再び怒りで心を病んでしまっていたかもしれない。

建物にも調度品にもそして使用人にも、なんの罪もないのにこんなにも怒りがわくものか。

「おや、お気に召しませんでしたか？　デボラ様とアンジェリカ様が公爵家に入られる前の様子を、ぜひお聞きになりたいかと思いましたので……」

しかしジリアンはのらりくらりと、アルバートの怒りの矛先（ほこさき）をかわした。

確かに彼の言う通りで、私は公爵家にやってくる前の二人の生活を何も知らない。知ればこれからの計画の助けになるかもしれない。

だがそれと同時に、ジリアンが悪意を持って私が主寝室を使うよう仕向けたのも事実だ。

「それであれば、お前が聴取して報告書をあげればよかっただろう」

口を開いたクレイグの言葉を遮って、咎めるようにアルバートが言う。

「わかりました」

私は己を叱咤(しった)し、引き攣(つ)りそうになる顔に満面の笑みを浮かべた。

「本当にその通りですわ。お気遣い感謝します」

そしてジリアンに礼を述べると、吐き気をこらえて久しぶりの贅沢な食事を再開したのだった。

＊＊＊

結局、その後のジリアンの報告は私たちの想像の範囲を超えないものだった。

パーシヴァル国内の治安が短期間に著しく悪化していること。それによってパーシヴァルを避ける行商人が増え、国内に輸入品が入ってこなくなり、物価が上がっていること。

また、ライオネルのアンジェリカに関わるむちゃくちゃな言いつけによって、反王室派の貴族が急激に増えていること。

貴族同士の諍(いさか)いも増え、そのあおりを受けて国内での移動も簡単にはできなくなっているということ。

ところが奇妙なのは、その根本の原因たるアンジェリカを誰も悪く言わないこと――……。

ジリアンに唯一好感が持てたのは、男性であるにもかかわらずアンジェリカに対して好意を抱いていないように見えたところだ。

さすがアルバートを祖国に送り返しただけあってその分析は冷静で、むしろどうして私にだけあれほど敵意を向けているのか不思議になってしまうほどだった。

まあ恨みなんていつどんな理由で買うかわからないのだから、考えるだけ無駄なのかもしれないが。

とにかく、私は旅の疲れとジリアンへの怒りとで、ほとんど倒れるように眠りに落ちてしまった。

ちなみに、主寝室だと聞いてベッドを使えないなんてことはかけらもなかった。

ベッドに罪はない。それに目の前のフカフカなベッドの誘惑を振り切れるほど、私は潔癖ではないのだ。

だが因縁の部屋で眠ったことが原因か、あるいは夕食時の話があまりに衝撃だったのか、その日私はおかしな夢を見た。

それは、今眠っているはずの屋敷で、父とデボラとアンジェリカの三人が食卓を囲んでいる夢だった。

なぜすぐ夢だとわかったかというと、まるで私が幽霊のごとく宙に浮いていたからだ。三人は私の姿など見えないらしく、楽しげに食事をしていた。

やがて食事が終わり、アンジェリカは自室へ、父は書斎へと向かった。

一人残ったデボラは女主人らしくエリーに指示を出すと、自分は一人で廊下に出た。どうせ寝室に行くのだから、これ以上こんな夢は見ていたくないと思ったのだが、予想に反してデボラが向かったのは屋敷の地下の貯蔵庫だった。

石造りの貯蔵庫はだいぶ古いものであるらしく、石の積み方が雑であちこちの壁が欠けている。屋敷の方は建築様式からしてここ百年の建築だと推測されるが、こちらの貯蔵庫は少なく見積もっても五百年は経過しているだろう。おそらく、一度地上の建物を更地(さらち)にしてもともとあった地下室の上に建物を建てたのだろう。

パーシヴァルの王都は歴史のある街なので、地下を掘ると前時代の建物が出てくるというのはよく聞く話だった。

私の祖父の代でそれらを地下室に利用する建築法が流行したので、王都にはこのような地上と地下の築年数がそぐわない建物が点在しているのだ。

そんなにたくさん見られるものではないので、夢の中だというのに私はあちこち徘徊した。

薄暗いので確認しづらいが、よく見るとあちこちの石に見たことのない文字のようなものが彫られている。

近隣諸国の文字は大体頭に入っているので、おそらくは古代文字の類だろうか。

さすがに考古学までは習わなかったので、残念ながらその文字の意味を知ることはできなかった。

そしてふと我に返り周囲を見回すと、貯蔵庫からデボラの姿が忽然と消えていた。

これは、明らかにおかしい。

なぜなら私は彼女の後からこの部屋に入ったのだから。

ここにたどり着くまでの道は一本道で、途中でデボラとすれ違うということもなかった。

そして私は、彼女の後についてこの部屋に入室したのだ。

彼女がこの部屋を出るのに、私が気づかないなんてことはあるはずがない。

ただの夢だというのに、私はどうしても彼女がどこに消えたのかが気になってしまい、それからしばらくの間あちこち物色を続けた。

しかし、ついぞ彼女の姿を見つけることはできなかったのである。

＊＊＊

「お嬢様、お嬢様？」

覚醒すると、目の前に困ったようなエリーの顔があった。

暑くもないのに髪がびっしょりと濡れている。

どうやら私はうなされていたらしく、エリーは心配して起こしてくれたようだ。

私が目覚めたと知ると、彼女はまるで子ウサギのように飛びずさり、真っ青になって謝罪を始めた。

「も、申し訳ありません！」

身体を起こしながら先ほどの夢について考えていた私は、むしろその謝罪に驚いて彼女の方を見つめる。

「え？」

「お、お身体に触れてしまいまして、その……っ」

どうやら、私が使用人に起こされて怒ると思ったらしい。

そんなに威圧的な態度をとったつもりはないのだが、普通にしていても怒っていると思われるのは普段からよくあることなので、まあ仕方がないのかもしれない。

「気にしないで。別に怒ってなんていないわ」

私はエリーが怯えないよう、できるだけ優しい声でそう言ってみせた。

これからしばらくはこの屋敷で寝起きすることになる。ずっと怯えられているのはさすがに面倒だ。

だが――。

「あの」

「ひっ！」

もう一度怒っていないと伝えようとしたところで、エリーは驚いたことにさらに飛びずさり、その場で丸くなって頭を抱え込んだ。

本当にウサギのようにしゃがみ込んでしまったメイドに、私の方が狼狽えてしまう。

「ちょ、ちょっと。一体どうしたの？」

あまりにも異常な反応だ。

いくら私が常日頃から怒っているように見られるとはいえ、さすがに初対面の使用人にこんな反応をされたことはない。

一年以上にも及ぶ庶民生活で多少は以前より険しくなっているかもしれないが、だからといってこの怯えようはあまりに異常だ。

私はこれ以上エリーを刺激しないよう、あえてベッドから出ずその場で声をかけた。

今近づいたら、彼女は本当に脱兎のごとくここから逃げ去ってしまいかねない。

「落ち着いて。私はあなたに怒ってないし、たとえ怒っていたとしても叩いたり怒鳴ったりなんてしないわ」

ゆっくりと噛んで含めるように言うと、まるで巣穴からおずおずと顔を出すように彼女がゆっくりと顔を上げた。

「ほ、本当でございますか……？」

「本当よ」

やれやれ、どうしてこんなにも怯えられているのか。

力強く断言すると、ようやく落ち着いてきたのかエリーが立ち上がりこちらに近づいてきた。

やっと顔を洗ったり口をすすいだりできそうだ。

この頃になると、私は夜に見た夢のことなどどうでもよくなってしまっていた。

＊＊＊

次の日の朝食は、昨日の夕食でできなかった作戦会議の場になった。

昨日の夕食を食べ損(そこ)なったヒパティカは、周囲の人間が度肝(どぎも)を抜く勢いでがつがつと朝食を平らげていく。

最低限のマナーは教え込んだつもりだが、テーブルマナーは旅の間に実践できなかったので、品を欠いてしまっても仕方がない。

――そう、今のところは。

今朝はあんなにおびえていたエリーも、ヒパティカの見事な食べっぷりに毒気を抜かれたらしい。

慌ただしく厨房(ちゅうぼう)までおかわりの皿を取りにいっては、目にもとまらぬ早さで消費されていくので恐怖を覚える暇もないようだ。

「そういえば、誰かレイリを見ませんでしたか」

魔女というものは身勝手が標準装備なのか、テオフィルスを旅立って以来レイリは気がつくと姿を消している。

ブラットリー公爵領を出発してから王都に着くまでの間も姿を現したり消したりしていたので、そういうものかと彼女の不在に慣れてしまっていた。

だが、さすがにここまでくると、別にいなくても構わないという訳にはいかない。いよいよアンジェリカのいる王都にたどり着いたのだ。

魔女とはいえほとんど魔法知識のない私と、子どものように無垢（むく）なヒパティカだけではアンジェリカを打ち倒すには荷が重い。

「最後に目撃されたのはどうやら三日前のようで、現在の居場所はわかっておりません」

生真面目（きまじめ）な顔をしてクレイグが言う。

思わずため息が漏れた。

最近姿を見ていないとは思っていたが、またしても姿を消していたらしい。

それでも三日前には目撃されていたのだから、少なくとも王都の周辺にはいるということだ。

物理的な距離など魔女である彼女の前では無意味なものかもしれないが、それでもまだ近くにいるのだという希望が持てる。

「クレイグは手の者を使ってレイリを探してくれ。間違ってもアンジェリカにこちらの存在を悟られることのないよう、慎重に頼む」

「かしこまりました」

アルバートの命令に、クレイグは頼もしく頷く。

「それでは今後の方針についてだが……セシリア、君はどうしたい？　レイリがいない現状、戦力的にもこちらは圧倒的に不利だ。見つかるまで様子を見ることも――」

気遣わしげにこちらを見るアルバートの言葉を、私は遮った。

「いいえ。私たちの存在はいつまでも隠しきれるものではありません。到着から時間が経てば経つだけ、相手の意表を突くことは難しくなります。私たちの有利な点は、アンジェリカに到着を知られていないという一点のみ。できるだけ早急に、アンジェリカを訪ねるべきです」

到着までに何度か話し合ったことだが、現在王都での立場が盤石という意味で地の利はあちらにある。

地の利を覆すために必要なのは人の利と言われているが、こちらは多勢に無勢。

では何ができるかといえば、それは相手の意表を突くことだけである。

相手がこちらの存在に気づいて周囲を固められてしまう前に、できるだけ速やかにアンジェリカと面会するのが好ましい。

一対一であれば魔力が回復したヒパティカの力で魅了の魔法を無効化できるかもしれない。魅了さえ解ければ、この国の人々はアンジェリカの危険さに気づくだろう。

だが、アルバートは難しい顔をした。

「やはり、アンジェリカにヒパティカと二人だけで会いに行くというのは危険では……」

「今更何を言っているのですか。騎士たちを連れていって魅了されて敵に回られても困ります。現在魅了にかからないとはっきりしているのは、私とヒパティカだけなのですから仕方ありません」

アルバートが難色を示しているのは、私がヒパティカのみを連れて公爵家を訪ねると主張しているせいだった。

急襲する分には賛成だが、せめても商隊の者たちを護衛代わりに連れていけというのだ。

だが、アンジェリカの魅了の魔力は男女の別なく作用する危険な力である。アンジェリカと相対した瞬間相手に寝返られては、こちらが一層不利になるだけだ。

ならば最初から私とヒパティカだけでいいと言っているのだが、アルバートはなかなか首を縦に振らない。

「やっぱり傭兵に扮して俺が一緒に……」

「アンジェリカに魅了されて殺人まで犯した方が何をおっしゃっているのですか。あなたに殺されるなんて私はごめんですわよ」

頑固なアルバートに焦(じ)れて、つい声を荒げてしまった。

痛いところを突かれたのか、アルバートは傷ついた顔で黙り込む。

ひどいことをいってしまったと思いつつ、私は席を立った。

「とにかく、わたくしはヒパティカと参ります。アルバートは下手(へた)に動かないでください」

部屋を出ながら、他に言い方がなかったのかと私は己の言動を悔やんだ。

アルバートは王太子位を返上すると言い出すほど魅了された当時の行動を悔いていると知っていて、私は彼の最も痛いところを突いたのだ。

だが、いつまでも議論を続けてはいられない。

さっきも言ったように、刻一刻と数少ない私たちのアドバンテージはこの手からこぼれ落ちていくのだから。

＊＊＊

なんとかアルバートを説得し、公爵家を訪ねるための準備を整える。

ブラットリー公爵領の商業ギルドで、商人としての身分証も作ってもらったので、私の身元に不自然なところは何もない。

あとは目立つ色の髪を黒く染め、目の色が目立たないよう帽子を目深にかぶる。

あとはセリーナから習った化粧をして、女商人ピアの完成だ。

公爵家を訪問するならばみすぼらしい格好では逆に怪しまれてしまうので、シンプルだが質のいいシルクのワンピースに身を包む。

アルバートにああ言ったものの、乗り込むのはかつて追い出された実家だ。いよいよあそこに行くのだと思うと、ぶるぶると身震いがした。

生涯、帰ることはないだろうと思っていた我が家。もうあの家に、私と母の居場所はなくなった。待っている人も誰もいない。

私がセシリアだとばれれば、どうなるかはわからない。

国外追放を命じられた身だ。処罰されたり、投獄されたりする可能性だって大いにあり得る。最悪、殺されることだって。

命と最低限の尊厳が守られていた公爵令嬢時代とは、何もかもが違うのだ。貴族にとって、庶民の命は綿毛よりも軽い。

唯一、あの家に今レオンがいないことだけが、救いと言えば救いか。

私はレオンからのプレゼントという名目で持参する予定の、鍵付きのケースに目をやった。

あの中にはドライフラワーにしたミモザの花と、アンジェリカの瞳の色であるロイヤルブルーの宝石をあしらった指輪が入っている。

指輪の方は、レオンが魅了から醒める前にアンジェリカへと用意していたものだ。

あのときもし私たちがレオンの元へ行かなければ、レオンはあのまま商人に無理を言ってミモザの生花と指輪を王都に届けさせようとしたに違いない。

ただでさえテオフィルス内での移動が難しくなっているというのに、国境沿いにあるブラッドリー公爵領から王都までミモザを生花のまま運ぶなど、どう考えても不可能である。

魅了から醒めたレオンにとっては、作っていた指輪など正直さっさと始末してしまいたいものらしいが、アンジェリカに会うために必要だと無理を言って借りてきた。

指輪の内側にはしっかりレオンとアンジェリカの名前が刻印されていて、宝石の質もよく、求婚のための指輪としては申し分ない。

問題があるとすれば、それはレオンとアンジェリカが腹違いの兄妹（きょうだい）である点だろうか。

たとえ腹違いといえど、我が国は兄妹での婚姻を法律で禁じている。

それもあり、どんどんアンジェリカに傾倒していくレオンを諫（いさ）めたものだが、当時の彼は私の言葉などちっとも聞く耳を持たなかった。

今ならばわかる。

彼は魔法という見えぬ力に操られていたのだと。

いまだにわだかまりはあるものの、魅了の解けたレオンは確かに私の知る以前の弟だった。

レイリに出会ってヒパティカという存在を知っても、私は魔女という存在について半信半疑だった。

だがレオンと再会してヒパティカの力で彼の魅了を解いたことにより、私は魔女としての実感を得た。

今ならば、アンジェリカと対等に立ち向かうことができるかもしれない。

ところがそんな私の目論見（もくろみ）は、すぐさま儚（はかな）くも崩れ去った。

「お引き取りください」

クレイグの書いた紹介状とレオンの筆跡の手紙、それに指輪とミモザの花という万全の装備で訪れたブラットリー公爵家で、あろうことか門前払いを食らったからだ。

「お嬢様はお受け取りにならないそうです。どうかお引き取りを」

正式な手順を踏んで訪れたレオンからの使者である私を、公爵家の執事は冷たくあしらった。

これには私も、そして一緒にきたヒパティカも、唖然とする他ない。

「は？　困ります、そんな……そちらの次期当主であるレオン・ブラットリー様のご依頼なのですよ⁉」

思わず取り乱した私に、執事は鼻を鳴らした。

公爵令嬢のときはあれほど腰が低かったというのに、相手が庶民となればその対応はけんもほろろだ。

髪色を変えたくらいで元の主人にも気づかないくせに、その尊大な態度には腹が立つ。

「だからこそ、お受け取りできないのです。あなたはご存じないかもしれませんが、レオン坊ちゃまの起こした事件で当家がどれほど迷惑を被ったか！　今は王家にお目こぼしをいただいている時期。それをどうしてレオン様からの贈り物を受け取れましょうか。どうかお引き取りを」

執事が語気も荒く言う。

どうやら私に憤っているというよりは、レオンの謹慎の原因となった刃傷沙汰によって公爵家の立場は微妙なものとなっていることが気に入らないらしい。

今は万に一つもライオネルを刺激するようなことは避けたいということか。

それにしても、初対面の商人にここまでべらべらとよく喋るものである。守秘義務というものがないのかこの執事には。

「しかし、こちら大変高価なお品で受け取ってもらいませんことには……！」

なんとかアンジェリカに会えないかと食い下がると、面倒そうに顔をゆがめた執事が更に爆弾発言を投下した。

「そのレオン様が次期当主を名乗れるのも、あとわずかでしょう。高価な品だというのなら、引き返してレオン様ご本人にお渡しになるのがあちらのためですよ」

「どういうことですか？」

理解しがたいことを言う執事に、私は反射的に問い返した。

相手は大きなため息をつくと、声を潜めて言った。

「近々、公爵様はレオン様を廃嫡（はいちゃく）なさるおつもりです。王室からは女公爵の認可も内示されております。つまり当家の後継者はアンジェリカ様。レオン様に取り入ったところであなたには何のうまみもありませんよ」

あろうことか、父はレオンを廃嫡しアンジェリカに公爵位を継がせるというのだ。そしてそれを、王家も了承したと。

双方の同意が得られているとなれば、レオンの廃嫡は秒読みだろう。それにしたって、健康な男子がおりながらそれを廃して女公爵を立てるなど、貴族の慣例から考えれば異常以外のなにものでもない。

私は驚きのあまり開いた口がふさがらなかった。

レオンが廃嫡というのも驚いたし、執事の口の軽さにも眩暈（めまい）がする思いだ。

自分でもしゃべり過ぎたと思うのか、執事は場を取り繕うようにこほんと咳払いをした。

「とにかく、お嬢様はあなたとはお会いになりません。どうかお引き取りください！」

そういうと、目の前の巨大な扉は反論する間もないまま素早く閉じられる。

まさかアンジェリカと会うために使ったレオンの名代（みょうだい）という立場が、ここで悪い方に作用するとは思わなかった。

ライオネルの寵愛どころか今度は自分に惚（ほ）れたレオンをあっさりと切り捨て、己が公爵になろうというアンジェリカにも強い怒りを覚えた。

あの女は、一体どこまでこちらを虚仮にすれば気が済むのか。

握り拳を震わせて、大きく息を吐く。

「セシリア、大丈夫？」

ヒパティカが後ろからこちらを覗き込んでくる。

「大丈夫よ……」

予定外の事態にうろたえてはいたが、それをヒパティカにぶつけたところでどうにもならないことはわかっていた。

ただ、頼みの綱だったレオンからのプレゼントが使えなくなったのだ。

アンジェリカと会うためには、何か別の方法を考えねばならないだろう。

「大丈夫よ。きっと他にもいい方法があるわ」

私は自分に言い聞かせるようにそう言った。

突然家を追い出されても、死ぬことなくこの屋敷にこうして舞い戻ったのだ。

今は中に入る権利すら与えられないけれど、絶対に何かいい方法があるはずだ。

私は再起を誓うと、自分が生まれた家に背を向けて拠点である屋敷に戻ったのだった。

＊＊＊

「レオンが廃嫡……」

デボラとアンジェリカが住んでいた因縁の屋敷に戻り、帰りを待っていたアルバートに先ほどの出来事を話して聞かせた。

レオンの廃嫡というショッキングな話題には、さすがに彼もショックを受けたようだ。

いや、そもそもライオネルに剣を向けて命があっただけでも僥倖なのだが、領地で会ったレオンは記憶が曖昧で暢気な様子だったので、私たちも彼の謹慎をそこまで深刻には考えていなかったのだ。

だが彼まで放逐されてしまえば、ブラットリー公爵家の直系はデボラの娘であるアンジェリカのみということになる。

「アンジェリカは一体どういうつもりなんだ？」

心底わからないと言いたげに、アルバートが呟く。

彼の言葉には私も全面的に同意だった。

今まで、アンジェリカは浮名を流しつつも最終的にはライオネルと結婚して、このパーシヴァルの王妃になるのが最終的な目標なのだと思っていた。

だが、レオンが廃嫡され、あの執事の言葉の通り女公爵となれば、彼女には婿をもらいブラットリー公爵家を次代に存続させるという義務が生じる。

女公爵というのは、男子が生まれなかった貴族の家を一代に限り女性が相続し、生まれた子どもに公爵位を相続させるという制度である。

　なので女公爵と言えば聞こえはいいが、要は家を存続させるための中継ぎにすぎない。女公爵は通常の公爵とは異なり権限も制限されていて、一家の当主とはいえあまり旨味(うまみ)のない立場なのである。

　そしてここで重要なのは、女公爵になると婿を迎えなければならないということである。

　大抵の場合、婿は血を薄めないよう一族の男性から選ばれる。

　しかしアンジェリカと親密にしている男性の中で、レオン以外にブラットリー公爵家の血を受け継ぐ男性はいなかったと記憶しているし、私を追い出してまで王太子の婚約者という地位を手に入れたのに、みすみすそれを手放すとも思えない。

「公爵位を持ったままライオネルに嫁ぐつもりなのか」

「そんなことは不可能だわ。他国から嫁いできた王女が王位継承権を息子に引き継がせた事例ならあるけれど、基本的に女に相続権はないのよ。レオンを廃嫡した上にアンジェリカがライオネルに嫁いだら、ブラットリー公爵家の相続人は傍系の親族に引き継がれるはずだわ。うちはいくつかの爵位を兼任しているから、最終的にはそれを分配して決着かしら。今からお父様とデボラの間に、新しい息子でも生まれない限り、ね」

　理性的に可能性を論じているつもりだったが、最後の言葉はつい吐き捨てるような調子になってしまった。

デボラの年齢を考えれば出産は難しいかもしれないが、記憶にある彼女の見た目は病みつかれた母よりもずっと若々しいので、それも不可能ではないかもしれない。

父はいまだ健在のようなので、相手を限定しなければ後継者の男子が生まれる余地はまだまだ十分にあるだろう。

どちらにしろ、私にはもう関係ない話だ。

関係があるとすれば、それはアンジェリカがどういうつもりなのかという、その一点においてのみである。

「とにかく、改めてアンジェリカに接触する方法を考えましょう。直接会わなくちゃ魅了の魔法を解くことだって不可能だわ」

全ての元凶がアンジェリカであるならば、彼女の力さえ無効化できればあとはどうとでもなる。

だが問題は、かつての知己が一人残らず彼女の魅了にかかっており、下手に動くことができない点だ。

過去のことを考えても、公爵家の使用人たちはアンジェリカの意のままだ。

領地ではレオンに会うため商人に変装して公爵家の城に潜入したが、王都のタウンハウスではその方法は使えないようである。

「やはり俺が訪ねて行って、アンジェリカをおびき出すのが最も危険のない方法なのではないだろうか?」

アルバートの申し出は、既に何度も検討しては押しのけてきた方法だった。

「だめよ。何度も言うけれど、それで再びあなたが魅了の術にかかったら、私とヒパティカはこの王都で孤立無援になってしまうわ。レイリはアンジェリカの魔法について、歌の魔法だと言っていた。けれど私は、アンジェリカが歌っているところなんて一度も見たことがない。魅了の魔法の使用条件がわからない以上、その方法はリスクしかないわ」

王都に着くまでの間、レイリが言っていた歌の魔法について考えていた。歌を聞かないようにすればその魔法にかからずに済むのかと、あれこれ仮説を立てていたのだ。

だが奇妙なのは、アンジェリカと同じ屋敷に暮らしている間、一度も彼女が歌っているところを見たことがないことだった。

貴族の娘は、教養の一つとして楽器と同じように声楽を嗜(たしな)む者もいる。

だがアンジェリカは私の記憶にある限り、一度も歌を歌っていない。

歌を使って人々を魅了していたというのなら、お茶会やパーティーなどでその歌声を披露し魅了を広めていった方が効果的だったのではないだろうか。

そうすればもっと早く、私のことを追い出せていたはずである。

ならば考えられるのは、アンジェリカの魔法に制限があるという可能性だ。

例えば一対一でなければ作用しないとか、歌以外にもなにがしかの条件をそろえる必要があるのかもしれない。

その条件がわからない内は、とてもではないがアルバートをアンジェリカに会わせることはできない。

だからこそ何度もアルバートの提案を却下しているというのに、いまだに言ってくるということは、パーシヴァルに戻ってきて再びアンジェリカに会いたくなったのではないかという考えすらわいてくる。

「アルバート。あなたまさかアンジェリカに会いたくて私についてきたわけではないわよね……？」

声に出すと、自分の何気ない考えがより一層現実味を帯びて感じられた。

そもそも王太子がその立場を捨ててついてくるなんて、普通であれば考えられないことなのだから。

私の問いにアルバートは目に見えて狼狽(ろうばい)し、そして叫んだ。

「馬鹿な！　俺はそんなこと欠片も考えていない。君の役に立てればと、ただそれだけだ！」

どうやら、私の疑いは彼にとってよほど心外であったらしい。

大きな声を出したことで興奮したのか、アルバートはそのままの口調で言葉を続けた。

「君は……共に旅をしてきたことで、俺のことをわかってくれていると思っていた。かつての態度は魔法のせいで、今の俺は違うのだと！」

罪悪感からか、常に一歩引いた態度のアルバートがここまで言うのは珍しいことだった。

普段なら冷静に対処できたかもしれないが、このときの私は予定外のことでアンジェリカに会うことができず苛だっていた。

言い返してしまったのは、多分そのせいだ。

「魔法のせい⁉　ええ確かに魔法のせいでしょう。ですが、だからと言ってあなたの成した愚行が消えてなくなるわけじゃない！　被害を被った方の心の傷はそう簡単に癒えたりしないわ。理解してほしいだなんて、私に強制しないで！」

私の剣幕（けんまく）に驚いたのか、アルバートは目を見開いて言葉をなくした。

その傷ついたような顔を見て、私の胸はかすかに痛んだ。かつてアルバートに傷つけられたからといって、こちらから彼を傷つけていいわけじゃない。

そう、わかっているのに。

「失礼するわ」

そういうが早いか、私は逃げるように部屋を出た。

ヒパティカが心配そうに後からついてくる。

そのときの私は自分のことで精一杯で、ヒパティカに大丈夫だと言ってあげることすらできなかった。

＊＊＊

アルバートと無益な言い争いをしてしまったせいなのかなんなのか、その夜はまたしても奇妙な夢を見た。

それは前回の夢の続きで、気がつくとデボラが消えたこの屋敷の地下にぼんやりと浮かんでいたのだ。

真っ暗な空間に一人でいると、気分が更に塞いでくる。

この地にたどり着くまであんなにも手助けしてくれたアルバートにあそこまで言う必要があったのかと、悔恨（かいこん）めいた思いが頭の中を過（よぎ）っては消えていった。

いつもこうだ。

どんなに手先が器用で刺繍（ししゅう）がうまくても、物覚えがよくて難しい異国の言語が喋れるようになっても。

一瞬は褒（ほ）められるけれど、それだけだ。

何かが人よりうまいからと言って、特別愛されるわけではない。現に父は、私たちを愛さなかった。

私たちと食事をするときは、いつも堅苦しい顔でいた。夢で見たような楽しそうに食事をしているところなんて、一度も見たことはなかった。
夢の中の人物に疎外感を覚えるなんて馬鹿げているとわかっているけれど、どうでもいいと割り切るには少しの時間が必要そうだった。

　そのときだった。

　驚いたことに、夢の中の私に語りかけてくる人物がいた。

　昨日の夢では父もデボラもアンジェリカも、私の姿が見えなかったのに。

「こんなところで何をしている？」

　振り返ると、そこにいたのは見慣れた白銀の魔女だった。

「レイリ？　あなたどうしてこんなところに……」

　夢の中の相手に尋ねたところで無駄だとわかっているのに、私は思わずそう尋ねてしまった。

　奇しくも、レイリは四日ほど前から姿を消している。

　彼女が本物なら居場所を問い詰めたいところだが、目の前の女に尋ねたところで望む答えが返ってくるとも思えない。

　だが、そう諦観した私とは違い、レイリは珍しく驚いたような顔をしていた。

「そうか――セシリアは夢を操る魔女であったか」

　そう言って、一人得心したように頷いている。

「夢を操る？」

「ああ。お前は今、夢を通して過去を見ているのだ。これは過去。実際にこの屋敷であの女が過ごした時間だ」

呆れたように、レイリが言う。

一方私は、彼女の思いもよらぬ発言に驚くばかりだった。

「それじゃあ、これは現実だというの？　ただの夢ではなくて？」

「そうとも。こうして私と言葉を交わしているのがいい証拠だ」

そんなものかと頷きそうになってしまうが、奇妙な成り行きには戸惑うばかりである。

とにかくレイリが言っていることが本当だとすれば、彼女に戻ってくるよう言わなければ。

そう思って彼女の顔を見ると、レイリはなぜかもの悲しそうな顔で貯蔵庫の中を見回していた。

「やれやれ、それにしても随分と油断したものだ。魔女ともあろうものが過去を読み取られるなんてな」

それはアンジェリカに向けた言葉だろうか。

私はその言葉よりも寧ろ、呆れの中に親しみを感じさせるようなレイリの口調に疑問を抱いた。

これではまるで、レイリが以前からアンジェリカを知っていたようじゃないか。

「ねえ、レイリ。あなた――」

私がそのことについて尋ねようとしたそのとき、レイリがいつものいたずらっぽい笑顔を浮かべて私を見た。

「それじゃあ見にいくとしようか。あの女の秘密を」

「秘密？」

「ああ。この貯蔵庫は、あの女がかつて研究室としていた名残なんだ。あの女の弱点も、おそらく探せば見つかるだろう」

「待って。あの女ってアンジェリカのことよね？　あなたはアンジェリカを知っていたの？」

ようやく抱いていた疑念を口にできたというのに、レイリはうろたえるでもなくただ笑みを深めるだけだった。

「心配しなくていい。私はお前の敵ではないよ」

そう言うが早いか、闇の中にレイリの姿が溶けていく。

私は慌てて、彼女の腕を掴もうとした。

まだ聞かなければならないことはたくさんあるのだ。

だが、伸ばした腕はむなしくも宙を切った。

「レイリ！」

闇の中に、私の声だけが響き渡る。

何もかもわからないことだらけだ。私は憤懣やるかたない気持ちでレイリがいた場所を睨み続けていた。

＊＊＊

目が醒めると、私はシュミーズ姿のままで部屋を飛び出した。

目覚めを待っていたエリーが、驚いて水の入ったピッチャーを落としそうになっているのを横目に走る。

目覚めてすぐに走り出したので頭がクラクラした。

けれど私は一目散で、夢で見た貯蔵庫に向かって走った。

夢の中では、二階から一階に降りた場所に目立たぬよう貯蔵庫の入口があった。

その場所までやってくると、扉があった場所には板が打ち付けられ、目立たぬように木箱の荷物が積み上げられていた。

私は腕まくりをすると、その木箱の一つ一つをどかし始める。何事かとやってきたヒパティカにも手伝わせると、荷物はあっという間に取り除かれた。あとは打ち付けられた板を取り除くのみである。

「セ、セシリア⁉」

大声が聞こえたので振り向くと、そこに立っていたのはアルバートだった。近くにエリーの姿もあるので、おそらく彼女がアルバートに知らせたのだろう。

私はちょうどいいとばかりに、棒立ちになっている二人に命じた。

「ちょうどいいわ。エリーは釘抜きとカンテラを持ってきて！　アルバートはこの板を剥がすのを手伝ってちょうだい！」

「そ、それはいいからちゃんとした服を……」

アルバートが顔を赤らめて言う。

そういえば寝起きのまま来てしまったのでシュミーズ姿だった。

けれど貴族はシュミーズ一つとってもふりふりごてごてしているので、昔のように恥じらいを持つことができなかったのだ。

薄い一張羅をずっと着ていた頃に比べれば、こっちの方がまだ布地が多いとすら思う始末である。

「も、持って参りました！」

アルバートとそんなやりとりをしている間に、エリーが釘抜きとカンテラを持ってきた。

私は釘抜きを受け取ると、板に打たれた釘を抜き始めた。だが、てこの原理を使ったとしても私の力では微動だにしない。

「ああもう！　それは俺がやるから」

そう言ってアルバートは着ていた上着を脱いで私の肩にかけると、シャツを腕まくりして私の手から釘抜きを奪い取った。

「板は外しておくから、君は着替えてきてくれ」

「でも……」

「いいから！　そんな格好でいられては俺の作業効率が落ちる」

なんだかよくわからない論理で追い出された私は、部屋に戻り着替えることにした。

けれどこれから貯蔵庫に潜(もぐ)るのならば、布のかさばる服を着ても汚したり破いたりしてしまうだけだ。

私は旅のさなかに着回していた草臥れた麻の服に着替え、かさばらないよう髪を一つに纏(まと)めた。

そしてさっきの場所にとってかえすと、そこには息を乱して床に座り込んでいるアルバートの姿があった。

戻ってきた私を見て、ヒパティカが嬉しそうな顔をする。

「セシリア！　扉があったよ！　凄(すご)いね、どうしてわかったの？」

彼の言葉の通り、夢で見た場所には確かに地下へ続く扉が存在していたのだった。

＊＊＊

「昨日レイリが夢に出たの」

どうしてここに扉があると知っていたのかという理由を問われ、私はそう答えた。

「夢に？」

「ええ。ここに、アンジェリカが使っていた地下室があると教えてくれたわ。所詮は夢だからまさかと思っていたのだけれど、本当にあったのね……」

目の前の古めかしい扉を前に、私とアルバートは立ちすくむ。

こうして扉の存在は明らかになったものの、本当にアンジェリカの研究室があるとすれば不用意に近づくのは危険である。

そういえばと思い、私は一緒についてきていたエリーに問いかける。

「ねえあなた、デボラとアンジェリカに仕えていたのよね？　じゃあああなたはこの扉の存在を知っていたの？」

夢の中では、さっきのように扉に板が打ち付けられたりはしていなかったはずである。実際デボラは、鍵を開けただけで貯蔵庫に出入りしていた。

といっても、出て行くところを実際に見てはいないのだが。

私の問いに、エリーは顔を硬直させた。

そしてすぐさま、以前のように床にへばりついて丸くなる。

「申し訳ございません！　決して隠していた訳ではなく、今の今までなぜか忘れていて……っ」

その必死な声音から、とても嘘をついているとは思えなかった。

忘れていたというのは、おそらくアンジェリカの魔法で忘れさせられていたのだろう。

「落ち着いて。この間も言ったけれど、そんなことであなたを咎めたりしないわ」

そういえば、エリーのこのやけにおびえた仕草も気にかかる。

失敗が多くいつも叱られていたのならまだわかるが、今までのところエリーの仕事ぶりに不満らしい不満はない。

寧ろ一人で屋敷内での家政をまかなっているのであれば、有能すぎるくらいである。

私はしゃがんで彼女の顔を覗き込むと、相手を刺激しないように静かな声で尋ねた。

「おちついて、ゆっくり答えて。わからなくても決してあなたを咎めたりはしないわ。この部屋を、使っていたのはアンジェリカ？」

そう尋ねると、しばらく考えた後にエリーはおずおずと口を開いた。

「いいえ。この部屋を使っていたのは奥様の方です」

この答えに、私とアルバートは顔を見合わせた。

「奥様というと、デボラで間違いないかしら？　黒髪に赤い目をした……」

私は脳裏に父の側室を思い浮かべる。アンジェリカと比べてあまり言葉を交わす機会もなかったが、彼女は確かに若々しく美しい女だった。

アンジェリカという年頃の娘がいるなんて、にわかには信じられないほど。

だが同時に、どこか印象に残りにくい女だった。家に入り込みドレスや宝石を買い集めて贅沢を尽くしていたのはアンジェリカと同じなのに、私の警戒心は異母妹にばかり向かっていたように思う。

今考えてみれば不思議なことだ。

「はい。デボラ様で間違いありません」

死にそうな顔でぼそぼそと答えるエリーの言葉に、私は我に返った。

そうだ今は、デボラがどんな女であったかを論じている場合ではない。

部屋に出入りしていたのがデボラだという話は気になるが、そのあたりを追及するのは貯蔵庫の中を探索してからである。

「ヒパティカ、一緒に来て！」

「わかった！」

「俺も……」

「アルバートはここにいて。大抵のことはヒパティカがいればどうにかなるわ」

もしも魔法が残っていたら、アルバートに悪影響が出るかもしれない。

私はそれを危惧(きぐ)したのだ。

どこか不満そうな顔をするアルバートを置いて、私とヒパティカは貯蔵庫に入った。

「アルバートは、デボラとアンジェリカがこの屋敷でどう過ごしていたか話を聞いておいて。前の主人と同じ女に命令されるのは、どうも恐ろしいようだから」

短い時間だが、エリーが私に怒られないかと怯えているのぐらいは伝わってくる。

一方でアルバートにはそうでもないので、デボラやアンジェリカを思い出させる女主人が苦手なのだろうという気がしていた。

＊＊＊

貯蔵庫の中は、ずっと密封されていたからか空気がよどんでいた。

夢で見た間取りそのままだが、荷物が運び去られた棚には分厚いほこりが積もり、使われなくなってからの長い月日を感じさせる。

ふと、闇の中にうっすらと輝くものが点々と浮かび上がった。

「わあ」

ヒパティカが小さな歓声を上げる。

普段は礼儀正しくしようと必死だが、こういうときに彼の無邪気な一面が顔を出す。

「これは……」

持ってきたカンテラで照らすと、小さな光の光源は例の壁の石に刻まれた古代文字であることがわかった。

当たり前だが、現実であってもやはりその文字を読むことはできない。

ただ闇の中でほんのりと光る文字を見ていると、不思議と懐かしい気持ちになった。

「これ、魔力だ」

私と同じように、小さな明かりを覗き込んでいたヒパティカが言う。

「え？」

「ずっと昔に込められた術だけど、まだ生きてるんだ。すごいよ」

「生きてる……ってことは今も作動し続けているということ？」

「うん。あ、でも特に害はないみたいだよ。ただ光ってるだけみたい」

ヒパティカの言葉に、私はほっとした。

もしこの屋敷に住まう人間に影響を与えるようなものだったら、私たちは今すぐにでもここを飛び出さねばならないからだ。

「すごくきれい」

ヒパティカの弾んだ声がする。

確かに、暗い貯蔵庫の中で輝く無数の光はまるで星のようにも見えた。

私もしばらくその光景に見入っていたが、いつまでもそうしてはいられない。

夢の中でデボラが使ったはずの出入口を探すべく、カンテラであちこちの壁をくまなく照らし出す。

「ヒパティカ。壁の向こうに何か感じない？　どこかに隠された出入口があるはずなの」

私はまだ魔女として未熟で、魔力をうまく感じ取ることができない。

そちらの方面に関してはヒパティカの方が優れているので、何かを感じ取れないかと期待していた。

「うーん」

ヒパティカは唸（うな）りながら、真っ暗な部屋の中をどんどん進んでいってしまう。カンテラを手にした私は、慌てて彼の足元を照らした。

ヒパティカが歩くたびに、カンテラの明かりの中を埃（ほこり）が舞い上がる。袖で口を覆わなければ、せき込んでしまって前に進めないほどだった。

エリーに話を聞いてみないとわからないが、どうやらデボラ、アンジェリカ親子はこの家を退去した後すぐに、誰も入れないように板を貼らせたようだ。そうでなければ、これほどの埃が降り積もったりはしないだろう。

髪の毛にクモの巣が絡（から）みついた感覚がして、思わず叫びそうになった。

エリーには悪いが、この探索が終わったらバスタブですべてを洗い流したい。

そんなことを考えていたそのとき、目の前を歩いていたヒパティカが急に立ち止まった。

「なに？」

目の前の背中は、立ち止まったままびくともしない。

私は彼の横から覗き込むようにヒパティカの前にあるものを確認した。

そこにあったのは、なんの変哲もない壁だった。不格好に積まれた石壁に、ぼんやりと光る解読ずだ。

少なくともこの部屋にあるドアらしいドアは一つきりで、私たち以外に中に入った者はいないは

私たちは板の打ち付けられていたドアから入ってきたのだ。

ヒパティカの言葉に、私はどきりとした。

「この先に、誰かいる……」

不明の文字。

では、この壁の向こうにいるのは誰なのか。

一瞬、隣家の地下室と隣り合っているのかもしれないという考えが浮かぶが、私はすぐにそれを否定した。

この貯蔵庫は、この屋敷のほぼ中心と言っていい場所にある。それほど広いわけでもないし、壁の向こうはまだこの屋敷の敷地内でないとおかしい。

私は恐る恐る、壁に積まれた石に手を伸ばした。

それはひんやりとしていて、まだ何も起こっていないというのに背筋にぞくりと悪寒（おかん）が走った。

カンテラがあっても、視界はそれほど良くない。そんな中で手さぐりに壁を調べていると、その中の石の一つが突然沈み込んだ感覚があった。

「え？」

私は思わず、前に転がりそうになった。なぜなら目の前にあったはずの壁が、一瞬にして消失し

たのである。

「危ない！」

後ろからヒパティカに抱えられて、どうにか転倒は免れた。

冷や汗をかきながらどうにか体勢を整えた私の前に、間髪容れずまばゆい光と人影が現れる。

逆光になって、すぐにはどんな相手なのか判別がつかない。

私は自分の迂闊さを呪った。

もし探し当てた場所に敵がいたらなんて、そんなことは全く想定していなかったのだから。


「ほぉんと、どうしようもない人ね」

そして壁の向こうから進み出てきた人物が、心底馬鹿にしたように言い放つ。

一瞬にして、私の頭の中には様々な考えが浮かんでは消えていった。

こんな閉じられた場所にどうやって入ったのか。

この人物は今日このときに私がやってくると予測していたのだろうか。こうして無防備な姿をさらしている私をどうするつもりなのか。

そして私だけでなく、この家にいるアルバートやエリーにまで危害を加えるつもりなのか、と。

そんな私をあざ笑うかのように、〝彼〟は言う。

「まさかこの部屋まで探し出しちゃうなんて、予定外だわ」

筋肉質な月熊商会長補佐、ジリアンがそこに立っていた。

私はできるだけ冷静を装い、ジリアンに問いかける。

「あなたはアンジェリカの仲間なの？」

彼はなぜかくねくねと体をしならせながら、心底嫌そうな顔で言った。

「いやぁね、あんな女と一緒にしないでちょうだい！」

その顔はとても嘘を言っているようには見えなかったので、私はひとまず警戒を解いた。

ヒパティカの力を借り、改めてその場に立つ。思いもしない出来事の連続に、なんだかひどく疲れていた。

「じゃあ、どうしてこんなところにいたの？　説明して」

確かにこの家を用意したのはジリアンだが、だからと言って閉じられた壁の中から現れるというのはあまりにも妙だ。

それにこの壁の入口は、明らかに物理法則に逆らってこの場に出現した。仕掛けなどという生易(なまやさ)しいものではない。文字通り壁が一瞬にして消え失せたのだ。

しかし、ジリアンに驚いた様子はない。

つまり彼にとって、壁の消失は驚くに当たらない予定調和の出来事だということだ。

魔女が実在している——魔法がこの世に存在していると知っている者でない限り、この反応はあり得ない。

ジリアンは少し悩むように己の唇をとんとんと叩くと、私とヒパティカの二人を壁の向こうに招き入れた。

「長い話になるわ。聞くなら覚悟して聞いてちょうだいね」

その言葉に、思わず息を呑んだのだった。

＊＊＊

コポコポと、ポットから紅茶の注がれる音がする。

壁の向こうにあったのは、白とピンク色を基調としたメルヘンチックな部屋だった。椅子にはワイルドストロベリーを描いた布が張られ、目の前に出された三脚のティーカップにも同じ模様があしらわれている。

壁際には白い止まり木が置かれ、まるで飾りのように美しい白いオウムが一羽止まっていた。

ジリアンは最初、私が汚らしいと言って椅子に座るのを嫌がった。

確かに旅でくたびれた服を着て、なおかつ使われていなかった貯蔵庫を探索した後だ。お世辞にも綺麗とは言えないだろうが、それにしたって言い方があると思う。

ジリアンはため息をつくと、突然なにやら粉のようなものを振りかけてきた。

するとと驚いたことに、私の姿は一瞬にしてごてごてと飾り立てたドレス姿に変わったのである。

だがあまりにリボンが多すぎて、正直なところ私の趣味ではなかったが。

「ほら座って。あなたもよ」

同じく粉を振りかけられたヒパティカは、白いドレスシャツに白いズボン、そしてひらひらとしたクラヴァットという絵本の中の王子様みたいな姿になっていた。

本人は首元までかっちりと閉じられたシャツが気になるらしく、何度も襟(えり)に指を入れては窮屈そうにしている。

そういうわけでようやく椅子に座る許可を得たわけだが、いそいそと焼き菓子を用意しているジリアンを眺めつつ、私は激しい徒労感に襲われていた。

「ねえ、そろそろいい加減に説明して」

思わずこう問いかけてしまったのも、無理からぬことだと思う。むしろ、ここまでよく我慢したと褒めてほしいぐらいだ。

自らも椅子に腰を下ろしたジリアンは、注いだ紅茶を飲むと、意味ありげに微笑んだ。

「説明って言ってもね。大体のことは見たらわかるでしょ？　あなたも魔女なんだから」

魔女として未熟な私をあざ笑うように、ジリアンは言った。

だがそれは同時に、一応私の質問に対する答えでもあった。

「〝も〟ってことは、あなたは魔女なの？」

「そうよぉ。いやだ、気づかなかったの？」

彼は、どこまでも私を虚仮にしたいようである。

だが、そのことに対して怒るような余裕は私にはなかった。

「いや、あの、魔女って普通女性よね？」

魔女というくらいである。私が読んだ絵本でも魔女はすべて女性だった。なら、男で魔法を使うものはなんと呼ばれるのだろう。

そんなこと、今まで考えもしなかった。

「あんらぁ、あたしだって心は女性よ。ただちょっと余計なものがくっついてるだけ」

心外だと言わんばかりに、ジリアンはカップの紅茶を飲み干した。その見事なまでの飲みっぷりに私は思わず呆れてしまった。

既に、当初感じた危機感や恐怖というものは吹き飛んでいた。

というか、フリフリのドレスや地下とは思えない優雅な内装に、すっかり毒気が抜かれてしまったのだ。

大体彼が私を殺すとしたら、それこそ王都に着いた瞬間からいつでもできたはずである。なのに今の今まで私が生きながらえているということは、少なくとも彼は私を今すぐ殺すつもりはないということだ。

それにしても、一昨日の晩アルバートに向かってきりりと受け答えをしていたジリアンはどこに行ったのだろう。

最初に見たときは随分と女性的な商人だと思ったが、その後アルバートに跪く姿を見たときには、忠誠心に篤い臣下のように思われた。

勿論敵意をもたれていることには気がついていたものの、アルバートを裏切るつもりはないのだろうと放置していた。

それがまさか、こんな形で対談する羽目になるとは。

「まあ、あなたが魔女だろうが魔男だろうがどちらでもいいわ。私が知りたいのは、あなたが誰の味方かということよ」

ここまできたら、例の視線の理由も明らかにしておかねばならない。

少なくとも出会ってからこっち、彼に恨まれるようなことは何もしていないはずである。

「あら。そんなの決まってるわ。あたしはアルバート様の味方よ」

「どういうこと？　じゃあアンジェリカの隠れ家をあなたが使っているのは、ただの偶然とでも言うつもり？」

この屋敷を使っていたのがデボラとアンジェリカ親子だということは、コックやエリーの証言からも明らかである。

「やあね。勿論偶然じゃないわよ。魅了なんて使うい け好かない女が使っていた隠れ家を、何も知らない公爵が売りに出してたから速攻で買い取ってやったの。あの女、後からやってきて買い戻したいとか言うから『こちら、とある国のやんごとないお方がお使いになるので――』って言って追い返してやったわ。あのときのあの女の顔ったら、ほんといい気味」

よくはわからないが、とりあえずジリアンはアンジェリカの手下という訳ではないようだ。それどころか、ジリアンは相手のことを心底嫌っている様子である。

「どうしてこの屋敷に執着する理由が？　大人しくこの屋敷を渡せば、少なくともブラットリー公爵家に恩を売ることができたはずだわ。この王都で商売をしていくには、そちらの方が何倍も利益になったはずよ」

公爵家のお金であれほど贅沢三昧をしていたアンジェリカである。

この屋敷を本当に買い戻したければ、金に糸目などつけなかったはずだ。それを目の前の人物は、すげなく断ったという。

「いやだ、あんたまだわからないの？　魔女にとってこの地下室は値千金の価値があるわ。あの女が提示した金額なんか目じゃないくらいにね」

「ここが？」

思わず、私はピンクが散りばめられた室内を見渡した。

扉がなくとも中に入ることができるという利点はあるものの、その他は特に普通の地下室と変わらないように思われるのだが。

「はん。これだからお尻に殻をつけて歩いているようなひよっこは。いい？　貯蔵庫の古代文字を見たでしょ？　あれは、まだ魔女が人に交じって暮らしていた頃に創られたもので、魔女の力を増幅する効果があるのよ。ああいう遺跡の類はあちこちに存在しているけど、ここは保存状態といい職場へのアクセスといい、あたしにとってはとんでもない好条件ってわけ。これがあの女にこの屋敷を売らなかった理由。おわかり？」

口早にまくし立てられ、悔しいかな私は頷くことしかできなかった。

魔女として未熟だと言われれば、同意するしかない。なにせ未（いま）だに、自分の魔力とやらを思い通りにすることもできないのだから。

「このクッキー、おいしい！」

そんな忸怩（じくじ）たる思いでいる私などお構いなしで、焼き菓子を口にしたヒパティカが歓声をあげた。

その言葉に、目の前の食えない屈強な魔女は目に見えて表情を崩す。

「あらそう？　いくらでも食べてちょうだいね」

私相手だと小馬鹿にした態度を崩さないのに、この差は一体どういうことなのか。

「ちょっと、私相手のときとあまりに態度が違いすぎるんじゃない？」

つい不満の声を上げると、ジリアンは今更何をとばかりに鼻を鳴らした。

「なによ今更。こんなかわいい男の子の守護精霊と、かわいくないひよっこ魔女なら守護精霊くんの方をかわいがるに決まってるじゃない。ましてやあんたは、あたしからアルバート様を奪ったにっくき女なんだから！」

「は？」

ここにきてまたしても、身に覚えのないことを言われて戸惑う。

「ちょっと待って。私がアルバートを奪ったってどういうこと？」

「なによ。しらを切るつもり？　最後にお会いしたとき、アルバート殿下は本当にひどい状態だったの。あたしは泣く泣く殿下が帰国できるよう手配したわ。でも、正直もう元には戻らないだろうと思っていたわ。もっと早くに気がついていればと、どれほど悔やんだことか……」

クレイグが言っていた、アルバートが帰国できるようジリアンが進言してきたという話はどうやら本当らしい。

だが、彼の話に私は首をかしげた。

「あなたも魔女なんでしょ？　自分で治せばよかったじゃない」

ジリアンは、ずっとこのパーシヴァル王都にいたのだ。

ならばアンジェリカがあれほどまで暴走する前に、止めてほしかったと思うのは他力本願過ぎるだろうか。

しかし私の問いに、それまで優雅な様子を崩さなかったジリアンが山賊のごとき凶悪な顔になった。

「はあ？　そんなことできるならとっくにしてたわよ！　愛(いと)しのアルバート殿下が毒される前にね。でも悲しいかな、精神に働きかけるあいつの魔法と、物体に働きかけるあたしの魔法は、相性最悪だったってわけ」

そう言うと、興奮してきたのかジリアンは可愛らしい陶製の絵付けがされたテーブルを、両手で強くバンと叩いた。

テーブルの上に置かれていたカップの中で飲み残しの紅茶が揺れる。

ヒビの一つも入ったんじゃないかと、思わず叩かれた場所を凝視してしまった。

「あんたにわかる？　愛する人を自分じゃ救えない無力さが！　あたしにできたのは、あの女から遠ざけるために国へお帰りになっていただくことだけ。その後陛下が殿下のお相手を大々的に募集なさったのも、錯乱した殿下が跡継ぎを残すために、都合のいい女を見繕うためだと思っていたわ！」

先ほどの荒々しさはどこへやら。

ジリアンは懐からレースのハンカチを取り出すと、楚々とした態度で目尻を拭った。

別に涙は出ていなかったように思うのだが、それを指摘するような愚は犯せない。

「それがまさか……こんなひよっこが殿下の呪いを解くなんて……っ」

そう言うと、ジリアンはレースのハンカチを無残なほどくしゃくしゃにしておいおいと泣き始めた。

このときようやく、私はジリアンの怒りの理由と彼の勘違いを悟ったのだ。

「つまりあなたは、好意を抱いていたアルバートの魅了を私が解いたと思ってあんなに敵意を向けてきていたということ？　私たちが宿泊するためにこの屋敷を用意したのも、嫌がらせではなくたただの偶然で」

「嫌がらせ？　どうしてよ。コックも使用人もいて隠れ家には最適じゃない。その上、魔力を増幅する遺跡付きよ。むしろ提供したあたしの懐の広さに感謝しなさいよ」

ジリアンを見ると、彼はどうやら本気でそう思っているようだった。

父と愛人の使っていた愛の巣に宿泊するなんてどんな嫌がらせだと思っていたが、ジリアンには最初からそんなつもりなどなかったのだ。

私は彼との間に横たわるいくつかの勘違いや行き違いを前に、どっと疲労感を覚えた。

けれど一方で、これからはジリアンとの協力関係を築けるかもしれないという可能性を感じていた。

なにせ私を魔女だと言ってこの地まで導いたレイリは、夢の中で出てきた以外はまったく音沙汰がない状態である。

私はジリアンの言うとおり未熟もいいところなので、誰でもいいから魔女や魔法についてもっと詳しい話が聞きたいと思っていたのだ。

「最初に言っておくけど、アルバートの魅了を解いたのは私じゃないわ」

「え？」

よほど意外だったのか、ジリアンは目を丸くした。

「アルバートとセルジュの魅了を解いたのは、レイリという魔女よ。私はアルバートの魅了がすっかり解けてから、彼と再会したの」

そう言い終えると、ジリアンは何事か考え込むように黙り込んだ。

手持ち無沙汰になった私は、ヒパティカが絶賛していたクッキーをいただくことにした。

クッキーはさっくりとした食感で、口の中に入れるとほろほろと溶けた。確かにこれは、思わず絶賛の声を上げてしまうようなおいしさだ。

「待って。やっぱりそれはおかしいわ」

ついクッキーに夢中になってしまい、ジリアンの言葉に反応するのが遅れた。

三枚目に取りかかっていた私を、筋肉質な魔女が呆れたように見ている。

「あんたねぇ、殿下の恋人ならいくらでもおいしいものが食べられるでしょうに」

この言葉に、思わずごほごほと咳き込んでしまう。

「違います！」

「なにがよ」

「恋人なんかじゃありませんわ。あの方はただ、アンジェリカに魅了されている間に私を虐(しいた)げた償(つぐな)いがしたいだけのお人好しです」

そうだ。そして、王太子位を蹴(け)ると言ってまでこの国についてきた大馬鹿者だ。

「はあ？　ちょっとそれ、本気で言ってるの？」

「本気です。ところで、このクッキーもう少しいただけます？　お部屋でもいただきたいです」

私の申し出に、隣のヒパティカがこくこくと勢いよく頷いた。

魔法でもかかっているのか、ただのクッキーだというのに癖になる味だ。

それとも、粗食に慣れた舌がバターの暴力に喜んでいるのか。

「ったく、仕方ないわねぇ」

ジリアンは呆れた顔をしつつも、満更でもなさそうな様子だ。

「好きなだけ持ち帰っていいから、話を戻すわよ。あたしは魅了の術を解くことができず、泣く泣くアルバート殿下をテオフィルスに引き渡した。そして再び殿下がこちらにお戻りになられると、その傍らにはひよっこ魔女であるあんたがいた。あたしはてっきり、あんたがアルバート殿下の魅了を解いたのだと勘違いしていたけれど、本当はレイリという名の魔女が彼の魅了を解いた。どう？　間違っていない？」

相違なかったので、私はこくこくと頷いた。

「そう……でもそれは変よ」

「変というと？」

「魅了という術はね、本当に本当にやっかいなの。何せ人の心に働きかける、目に見えない魔法だから。もし解除できるとしたら、それはあの女と同じように精神系の魔法を使う魔女か、或いは魅了をかけた本人。それに、その眷属だけだわ」

この場合、本人とはアンジェリカということか。

「眷属というのは？」

「それは、そこのヒパティカちゃんみたいな守護精霊や、後は何らかの術を用いて従わせた精霊の類を言うわ。あたしの場合は――」

そう言うと、ジリアンは唐突にぴゅーいと口笛を吹いた。

何のつもりだと面食らっていると、その音に反応したように止まり木に止まっていたオウムが、大きな翼を広げてこちらに飛んでくる。

オウムは慣れた動作でジリアンの逞しい肩に止まると、褒めろとばかりにジリアンに体をすり寄せた。

「守護精霊のシャルロッテよ。仲良くしてね」

驚いたことに、純白のオウムはジリアンの守護精霊であったらしい。

確かに守護精霊は様々な姿をしていると聞いたが、まさかこのオウムがそれだとは思ってもみなかった。

「どうぞよろしくお願いいたします」

とりあえず挨拶してみると、シャルロッテは素知らぬふりですぐにそっぽを向いてしまった。

自分が動物に好かれるたちだとは思わないが、それでもこれは辛いものがある。

そのとき、隣にいたヒパティカがそっと私の耳に囁いた。

「セシリア。このオウム雄みたい」

驚き、反射的にヒパティカの方に振り向いてしまった。

「恥ずかしいから、シャルって呼んでほしいって」

どうやら守護精霊同士、言葉がなくとも通じるものがあるようだ。

それにしてもそう言われてみると、確かにオウムの目はどこか空疎な気がする。思い込みかもしれないけれど。

「ではレイリは、精神に働きかける魔女だったのですね」

同時に、自分もレオンの魅了を解いたことを思い出す。ということは、私も精神に働きかける力を持った魔女のようだ。

アンジェリカと同じだと思うと、なんとも嫌な気持ちになった。

「だからそれが、妙なのよ」

「妙というと?」

困惑したような色を浮かべて、ジリアンは言い放った。

「だってレイリなんて魔女、あたしは一度も聞いたことがないんだもの」

＊＊＊

貯蔵庫から戻った後、私は部屋に戻り一人物思いにふけった。

夢に出てきた貯蔵庫探しは、ジリアンとの会談という思わぬ展開を見せたからだ。

そして魔女を名乗る彼の話は大変に興味深く、また私に疑念を抱かせるものでもあった。

疑念というのは、レイリに対してのそれである。

ここにきて急に、味方であるはずのレイリが実は裏切り者なのではないかという可能性が浮上したのだ。

そんなはずがないと、初めは私もその可能性を否定した。

だが、ジリアンが言うには魔女は長い年月を生きる上にほとんど新たな魔女が生まれないので、現存する魔女はそのほとんどが顔見知りであるのだという。

そしてジリアンは、レイリという名の魔女など知らないというのだ。

勿論、レイリが私たちに偽名を名乗っていた可能性もある。だが、レイリの外見的特徴を話しても、ジリアンは覚えがないと首を横に振ったのだった。

この事実を、私はどう受け止めていいかわからなかった。

レイリはある意味、恩人とも言える魔女である。だが、彼女の過去やテオフィルスに加担した理由を、私は何も知らない。

今まではテオフィルス王の発信した救援信号に姿を見せた義理堅い魔女だと疑いもしなかったが、彼女が本当に魔女であったかどうかすら、今は怪しく思われるのだ。

彼女は実際に、アルバートとセルジュの魅了を解いた。

だが、その解除方法は一年にも及ぶ副作用を引き起こす、ある意味不完全なものだったと言える。

そして一緒に旅をしながらも、なぜか頻繁に姿を消すこと。

思い浮かぶ一つ一つの点が繋がって、レイリが裏切り者なのではないかという疑念の絵を浮かび上がらせていた。

彼女を疑いたくなんてないのに、脳裏に思い浮かぶのはレイリが不審なことをしたときの映像ばかりなのだ。

いつも人を煙に巻くような態度で、神出鬼没で。

アンジェリカを倒すために同行すると言いながら、その実ほとんど傍にはいてくれない現実。

裏切られるのなんて慣れっこだと思っていたのに、レイリが本当に敵だったらと思うとどうしようもなく胸が痛む。

公爵家への侵入が失敗に終わり、その上重要な味方が裏切っていたかもしれないなんて、一体どうすればいいのか。

もとよりかすかだった希望が、どんどん光を失い小さくなっていくような気がした。

だがそれでも、私はここで諦めるわけにはいかない。

この国のためなんて、そんなお綺麗な理由じゃない。

アンジェリカに一泡吹かせるまでは、私の戦いはずっと終わらないのである。

第三章　将軍と遊び人と私

さて、翌朝は昨日とは違い、夢も見ずさっぱりとした目覚めになった。

また夢の中にレイリが出てきたらどうしようと思っていたのだが、そんな心配は全くの杞憂（きゆう）だった。

むしろ出てきたら、一体どういうことだと激しく問い詰めたところだ。

ジリアン特製のクッキーを食べたおかげか、昨日までと打って変わって今朝は妙に力が漲（みなぎ）っていた。

「おはよう」

ダイニングで顔を合わせたアルバートは、なぜか気遣わしげな顔でこちらを見ていた。

ジリアンたっての希望で彼が魔女であることは伏せておくことになったので、勿論レイリのことについても彼には話していない。

ではなぜこんな心配そうな顔をしているのだろうか。

私は思わず首をかしげた。

朝食として出てきたのは、焼きたての白いパンとドレッシングで和えたサラダ、それに絞りたてのフレッシュジュースだった。

運んできたエリーの顔は、昨日あれほどおびえていたのが嘘のようだ。

そういえば昨日は疲れ切っていて、アルバートとろくに話しもせず眠ってしまった。

貯蔵庫で何があったのかも具体的には伝えておらず、一晩の間アルバートはさぞ気を揉んだに違いない。

「昨日はお話しもせずに先に休んでしまい、申し訳ありません」

さすがに悪いと思い謝罪すると、アルバートは気にしなくてもいいという風に小さく頷いた。

「いや、ゆっくり休めたようでよかった。それより、君は入るなと言った地下室の中は、結局どうなっていたんだ?」

ずっと気になっていたであろうアルバートの問いに、私はあらかじめ用意しておいた答えを返した。

嘘をつくのは少々心苦しいが、ジリアンが知られたくないと言っているのだから全てを話すことはできない。

「ええ、アンジェリカの力に関するようなものは見つけられませんでしたが、この地下室が魔女にとって力を増幅させる効果があるとわかりました。ジリアンに確認したところ、この屋敷はデボラと父の行き違いで売りに出されたようで、購入後何度も買い戻したいとの打診があったということです。正直、ジリアンが手放さずにいてくれて助かりました。これ以上アンジェリカの力が強化されては困りますから」

話しても差し支えない部分だけを喋り、ついでにジリアンの株も上げておく。彼はアルバートのことをいろんな意味で慕っているようだから、アルバートから働きかけてもらえれば強力な味方になってくれるかもしれない。

我ながら打算的だなと思いつつ、朝食を口へ運ぶ。

レイリのことも、アルバートに話すべきかまだ判断がつかずにいた。

レイリへの疑いは、まだ憶測（おくそく）の域を出ない。そんな不確かなことをアルバートに話しても、利はないように思う。

それに動機はどうあれ、レイリがアルバートの魅了を解いたというのは紛（まご）うことなき事実だ。アルバートにとってレイリは、自らの正気を取り戻してくれた恩人なのである。そんな相手に、本当はレイリが敵かもしれないなんて、冗談でも口にするのはためらわれた。

「そうなのか。ジリアンには俺からも礼を言っておこう」

朝食を終え、私たちは談話室に移動し作戦会議を始めた。

同じく朝食を終えたヒパティカは、呼び止めるまもなく庭に遊びに行ってしまった。昨日狭い場所にこもっていたので、今日は外に出て羽を伸ばしたいのだろう。勿論、こんな住宅地で本当に羽を伸ばされても困るのだが。

「それで、エリーの話は聞けたのですか？」

二人きりになったタイミングで、昨日アルバートに托したエリーのことについて聞いてみた。

ちなみに本人は今、買い出しのために家を出ていた。一人でこの規模の屋敷の雑事をこなすのは大変だろうから、滞在が長引くようならジリアンに頼んでメイドを追加してもらうべきかもしれない。

「ああ……それなんだが、どうもデボラとアンジェリカの二人から、常日頃暴力を振るわれていたらしい。詳しいことまでは聞かなかったが、未だにおびえるほどだ。よほど酷いものだったんだろう」

ひどく憂鬱そうな顔で、アルバートが言う。

私は怯えきったエリーの顔を思い出し、改めてあの母娘に対して激しい怒りを覚えた。

その気になれば魅了して意のままに操れるくせに、わざわざ恐怖を味わわせ、あそこまで追い詰めるなんて悪趣味という他ない。

私は、改めてあの女をこの国から除かねばならないという決意をした。

「それでセシリア、提案なんだが」

「提案、ですか？」

「ああ。レオンからの贈り物が拒絶されたからには、別の方法でアンジェリカに近づくより他ないだろう？」

「そうですね。商人としての潜入は、もう厳しそうですわね。公爵家には代々懇意にしている出入りの商人がいますので、レオンの名前が使えないとあっては馴染みのない商人などすぐに追い返されてしまうでしょう」

そもそも、公爵家と取引するとなれば商人の方にもある程度の格が必要である。ぽっと出の女商人ピアでは、どうあがいても公爵令嬢との面会など叶いそうにない。

「だから、最初の計画とは違ってしまったが、この王都の中で味方を増やすことが重要じゃないかと思うんだ」

アルバートの提案は、確かに的を射ていた。

今も月熊商会のバックアップはあれど、所詮王都の中では中堅クラスの商会に過ぎない。

魅了の力で権勢を振るうアンジェリカを出し抜くためには、もっと強力な支援者が必要である。

「確かに味方を増やすことは賛成ですが、そんなに都合のいい相手がいるでしょうか」

こっちは脛に傷持つ身である。

かつて周囲の人々から迫害された過去を思えば、味方という言葉に対してはどうしても身構えてしまう。

「俺の名を使えば、少なくとも会うことくらいは可能なはずだ。アンジェリカに知られるかもしれないという危険はあるが、試す価値はあると思う。あとはレオンのときと同じように、君が魅了の魔法を解いてくれれば……」

確かに、アルバートが王太子位を退こうとしたことを、この国の人々は知らない。

アルバートが再び魅了にかかることを恐れて今までは留守番してもらっていたが、こうなっては考えを改めるべきかもしれない。

私はアルバートの提案を受け入れた場合のリスクとリターンを天秤にかけた。

正直なところ、思いもよらぬブラットリー公爵家の強硬な態度に、こちらは攻めあぐねていたところである。

「わかったわ。確かに、このまま閉じこもっていたって仕方ないものね」

この決断により、私の運命はこれから大きく変わっていくことになる。

＊＊＊

「まさかよね……」

馬車から降りた私は、目の前の巨大な邸宅を見上げため息をついた。

それというのも、味方に引き入れる候補としてアルバートがいの一番に名を挙げたのが、我が国の軍部を掌握する将軍閣下だったからだ。

その名も、スタンレー・レヴィンズ侯爵。

パーシヴァルの軍部を掌握する将軍職にあり、そしてアンジェリカの取り巻きの一人であるバーナード・レヴィンズの父親でもある。

アルバートによれば、レヴィンズ侯爵は息子と違い、最後までアンジェリカには懐疑的だったのだそうだ。

そしてクレイグが王都で仕入れた情報によると、レヴィンズ侯爵は体調不良を理由に出仕を取りやめ、自宅で療養中らしい。

私はかつてパーティーで見た筋骨隆々な壮年男性の姿を思い出した。レヴィンズ将軍は剣の名手であり、病気とは全く無縁の人物であったのだ。

なので体調不良と言われても、いまいちピンとこないのだった。

だが出仕していないということは、アンジェリカの魅了の影響も他の貴族に比べて格段に少ないと思われる。

私はアルバートの提案を受け入れ、このレヴィンズ侯爵の屋敷にやってきたのである。

聞けばアルバートは昨日のうちに訪問の先触れを走らせていたそうである。危険なのではないかという気もしたが、連絡もなしに押しかけて侯爵の不興を買うのは避けたいというアルバートの意見はもっともだった。

これから協力を仰(あお)ごうという相手のもとに押しかけて不興を買い、交渉が決裂するのは何があっても避けたい。

体調不良である侯爵を訪ねるとのことで、私はアルバートの従者に化(ば)けて同行することになった。

なので今日は動きにくいドレスではなく、ジリアンが用立てた燕尾服(えんびふく)姿である。男性用なので大きかったそれを、今朝大急ぎで私が着てもおかしくないよう調整したのだ。

また、ヒパティカも同じようにお仕着せの燕尾服を着て、何やら布でくるんだ長い棒を持たされていた。

中には見舞いの品として、異国の武器が収められている。正直なところ病人に武器を持っていくなんてどうかと思うが、将軍は武器のコレクターとしての一面も持っているらしいので、この方が喜ばれるのだそうだ。

とにかく私たちは、そうして準備を整えこうして侯爵家にやってきたというわけだ。

将軍の協力を得られれば、取り巻きたちに守られたアンジェリカと戦ううえでの大きな弾みになる。

何より、彼の息子であるバーナードは取り巻きの中でも武名で知られた剣の名手だ。

間違えても、正面から戦いたい相手ではない。

将軍を味方につけることができれば、その息子であるバーナードすらも抑え込むことができるかもしれないのだ。

実家の公爵家は空振りだっただけに、今日は自然と力が入る。

玄関の前に立ってノッカーを鳴らすと、屋敷の中から立派なひげを蓄えた使用人が現れた。眼鏡をかけていることから考えて、上級の執事か主人に代わって家政を取り仕切る家令だろう。

パーシヴァルでは、上級の使用人に高価な眼鏡や時計などを身につけさせ、己の家の財力をそれとなく誇るという慣例がある。

事前に連絡を入れておいたからか、男はすぐに私たちがどういう類の客人であるかを察したようだ。

ちなみにアルバートは人目を惹かないよう、王太子らしい華美な服装は控えて騎士が休日にしているようなラフな格好をしている。

もし将軍家を訪ねたのが母国にいるはずのアルバートであると知れたら、外交的にもそしてアンジェリカへの警戒という面でもよろしくないという判断からだった。

出かける前に服装を決める際、ジリアンがこれでは質素すぎるといってさんざんごねたのだが、しびれを切らしたアルバートの一言であっさり引き下がっていた。

さて、出迎えてくれた使用人の案内のもと、侯爵家の中を歩く。

私への横暴ともいえる態度を考えると、驚くべき従順さであったことをここに付け加えておく。

その内装はそれほど華美というわけではないが、代わりに廊下や壁のあちこちに甲冑と剣が飾られていた。

どうやら侯爵が武器のコレクターだという話は本当だったようだ。

そしてたどり着いたのは、主寝室の入口と思われるひと際立派な扉の前だった。

「どうぞお入りくださいませ」

その言葉に従い、促されるままに私たちは部屋の中に入る。

そこには寝台の上に身体を横たえさせた、侯爵の姿があった。

思わず、私たちは言葉を失っていた。

鍛錬を怠らず豪胆な性格で部下からも慕われていた将軍が、まさかこれほどまでに重い病にかかっているとは思いもしなかったのだ。

急な訪問依頼を受け入れてくれたからには、それほどひどい病状ではないのだろうと楽観視していた。

「まさかこれほどまでに重篤だとは……」

私と同じ思いだったのか、アルバートが茫然としたような声で言う。

使用人の手を借りて身を起こした侯爵は、記憶にあるよりも随分と痩せ衰えていた。

なのにその瞳だけは、いまだに決して消えることのない不屈の光が宿っているのだった。

「ようこそいらっしゃいました。アルバート殿下」

「すまない。これほどまでと知っていれば、遠慮したのだが……」

「なに、殿下がこのおいぼれを覚えていてくださって嬉しく思います。最後にお会いしたときはそう、ブラットリー公爵家の下のご令嬢以外には、目にも入らぬご様子でしたから」

「そ、それは……」

いきなりアルバートが魅了にかかっていたときの態度を揶揄する侯爵は、その痩せて薄くなった肩を落とした。

「もっとも、それは殿下だけにとどまりませんでしたが。ライオネル殿下も、そしてうちのバカ息子も、何かあればアンジェリカアンジェリカと……耳障りなことこの上ない」

心底疲れたような侯爵の言葉に、そういえばこの方はライオネルの剣術指南役をしていらしたのだと思い出した。

幼い頃から見守っていた主君が、女に惑わされ道を外したとなれば、悲しむのは当然であろう。

そして私は同時に、希望を持った。

今の言動からして、侯爵がアンジェリカの魅了にかかっていないのはまず間違いない。

アンジェリカに毒された人々は、間違っても彼女を非難するような言葉を口にしたりはしないからだ。

だが同時に、こんな見るからに病んだ相手を果たしてアンジェリカとの戦いに巻き込んでいいのだろうかという迷いが生まれた。

アルバートも同じ考えでいるのか、使用人が席を外した後もなかなか本題に入ろうとしない。

彼はまずヒパティカが運んできた包みから、変わった形をした剣を取り出した。刃が片方しかない、反るように曲がった細い剣だ。

「おお、これはまさか、極東で作られているという〝カタナ〟でありましょうか？」

侯爵の喜びようは大変なものだった。

もし彼が寝付いていなかったら、今すぐにでも寝台を飛び出して素振りの一つも始めたに違いない。

まるで子どものようにはしゃぐ侯爵の声に、思わず微笑ましい気持ちになった。

だが暢気に突っ立っていた私に、侯爵は突如として鋭い一瞥を投げる。

「しかし、まさか見舞いだけが目的でいらしたわけではありますまい？」

殺気のようなものを感じて、背中が総毛立つのを感じた。

それを感じ取ったのか、隣にいたヒパティカが私を庇うように前に出る。

「おや、随分勘のいい侍従をお持ちですね。以前は別の者を連れていたと記憶しておりますが」

一瞬にして、場の空気が緊張した。

「あ、ああ」

「ライオネル殿下が追放を命じたセシリア嬢をお連れになるとは、一体どういう了見ですかな？」

「っ！」

思わず喉の奥から悲鳴が漏れそうになった。

たとえ寝台の中にあろうとも、いくつもの戦争で生き残った侯爵の圧力は並大抵ではない。

見抜かれる前に、もっと早く自ら名乗り出るべきだったか。

変装さえしていれば実家の使用人にすら見抜かれなかったという経験から、私はどうせばれないだろうとたかをくくっていたのだ。

しかし侯爵の目はごまかせなかった。

「閣下、これには訳が……」

「訳があろうとなかろうと、このまま見過ごすことはできん。生きていたのなら、どうしてこんな国になど戻ってきたのだ。あなたを見逃したとなれば、儂とてただでは済まない」

侯爵は残念そうに言うと、手にしたばかりのカタナを手にベッドから出てきた。

そのあまりの迫力に、私は腰が抜けてしまいそうだった。

周囲の動きが、まるでスローモーションのように動く。椅子に座っていたアルバートが、侯爵を止めるべくカタナを持つ相手の手首を掴んだ。

「やめてください！　まずは話を！」

「お放しください。死にかけのおいぼれでも、儂には家長としての責任がある！」

そう叫んだかと思うと、侯爵はアルバートを振り切り、カタナを振りかぶってこちらに駆けてきた。

目の前には、ヒパティカが立っている。

私は血の気が引いた。

なのに、身体が震えてうまく動けない。

そのとき、最も危険にさらされているはずのヒパティカが、ぼそりと小声で何事かささやいた。

すると途端に、侯爵の足はまるで何かが絡まったように萎えて、彼はその場に膝を落とした。アルバートがすぐさま駆け寄り、侯爵が掴んでいたカタナを取り上げる。

「セシリア」

ヒパティカは困ったような顔でこちらを振り向くと、私だけに聞こえるような小さな声で言った。

「この人、魔法で身体を悪くしてるみたい。食べちゃっていい？」

「え？」

それは、思いもよらない言葉だった。

「魔法でって、魅了みたいにってこと？」

「うん。多分魅了がうまくかからなかったのかな？　僕が食べたらきっとよくなるよ」

ヒパティカが自信をもってそう言うので、私はおずおずと頷いた。

正直なところ、先ほどの出来事が衝撃的過ぎて、ヒパティカの提案について深く考えることができなかったのだ。

だが、次の瞬間私は軽々しくうなずいたことを、さっそく後悔する羽目になった。

「なんだこれは⁉」

侯爵が驚きの声を上げる。

それも無理はない。

なぜなら彼の目の前で、突然ヒパティカが真の姿に戻ったからだ。

燕尾服の青年は消え去り、部屋の中に純白のグリフォンが窮屈そうにして現れた。

一応この姿のときは大きさを自在に変えられるらしいのだが、張り切って大きくなり過ぎたらし

い。

床に崩れ落ちていた侯爵が、ヒパティカから距離を取ろうと後ずさりする。しかしその手は、すぐに己の寝台にぶつかった。

大きなくちばしを開き、ヒパティカが息を吸うしぐさを見せた。

すると侯爵の身体から、レオンのときと同じように無数の羽虫(はむし)が現れる。

しかしその量はレオンよりも少なかったようで、ヒパティカはすぐに羽虫を食い尽くし、人間の姿に戻った。

「レヴィンズ閣下。立ってみてください」

いまだ呆気(あっけ)にとられた様子で座り込んでいる侯爵に、私は声をかける。

「病はもう癒えたはずです。いつも通り立ち上がってみてください」

「なにを馬鹿なことを。国一番の名医が、原因不明だと匙(さじ)を投げた病がそう簡単に……」

そう言いながら寝台に手をかけて立ち上がろうとした侯爵は、すぐに言葉を失った。

なぜならそれは、ちっともふらつくことなく立ち上がることができてしまったせいだ。

「これは……」

ヒパティカの発言を聞いていなかったアルバートも、驚いたような顔で私と侯爵を見比べている。

「アルバート。そのカタナを閣下にお返しして」

「え？　いやだが……しかし……」

先ほど私に向けた凶器をどうして返すのかと、アルバートは不可解そうに言った。ためらう彼を横目に、今度はレヴィンズ侯爵に向けて言う。

「閣下。どうかわたくしの話をお聞きください。その話を聞いた後でもまだ納得できぬとおっしゃるのでしたら、どうぞそのカタナで遠慮なく斬ってください。わたくしとて、覚悟もなく戻ってきたわけではないのです。閣下の協力を得られなければ、どうせわたくしもそしてこの国もおしまいでございます」

侯爵は既に、私がパーシヴァルに戻っているということを知ってしまった。

つまり彼の協力が得られなければ、私の帰国が知られ追手が放たれるであろう。今度こそ死ぬかもしれないのだ。

ならばせめても、私の話を聞いてもらいたい。

侯爵はしばらく考え込むように顎髭(あごひげ)を撫でていたが、しばらくして小さくうなずくと私の目をまっすぐに見つめて言った。

「わかった。しかし少しでも儂を謀(たばか)ろうとしたならば、そのときはわかっているな?」

「はい。いかようにも」

了承の意を伝えるために軽く会釈(えしゃく)すると、侯爵はお土産であるカタナを鞘(さや)にしまってリンリンとベッド脇にある呼び鈴を鳴らした。

こうしてどうにか、私はレヴィンズ侯爵に国の危機を伝える機会を得たのである。

＊＊＊

「なんとも、荒唐無稽な話だな」

長い話を聞き終えた後、侯爵はやや寂しくなりかけている頭をかきながらこう言った。

確かに、そう思うのも無理はない。

私もレイリやヒパティカと出会っていなかったら、魔女という存在を信じることはできなかっただろう。

今だって、自分もその魔女だという実感は非常に頼りないものだ。

「だが、信じぬわけにはいかんな。医者も匙を投げたこの身体をいともたやすく治してしまうとあれば」

いまだに信じられないと言いたげに、侯爵は己の身体のあちこちを撫でさすっている。

彼は長期の闘病期間の末やつれてこそいるが、先ほどまでと違い明らかに生気が漲っていた。

先ほどかかりつけの医者が飛んできて、目を白黒させながら侯爵の病が快癒しているとの診断を下していった。

最初に私たちを出迎えた家令は、主の壮健な様子にたいそう喜んでいた。

原因不明の病は、侯爵本人だけでなくその周囲の人々ですら随分と苦しめていたようだ。それは同時に、侯爵が人望篤い人物であるという証左だろう。

「癒したというよりは、悪いものを取り除いたという方が正しいかと。彼によれば、侯爵には身体に悪影響を及ぼす魔法がかかっていたそうです。おそらく異母妹（いもうと）のアンジェリカが、魅了の魔法にかかりにくいあなたを亡き者にしようと、かけた術に違いありません」

私がヒパティカに水を向けると、彼はどうしていいかわからないとでも言いたげに小さくなった。

王都に来るまでの間、貴族相手にはできるだけ喋らないようにと教えたので、その言いつけを忠実に守っているらしい。

確かにヒパティカの見た目はどこのフットマンをしていても差し支えないほど秀麗だが、口を開くと早々にぼろが出るので、仕方がないとも言える。

例えば侯爵のような人物に子どものような口調で話しかけようものなら、話の信憑（しんぴょう）性も一気に弱まってしまうだろう。

一応きちんとした喋り方もできるようになったのだが、苦手なのであまり使いたくはないということか。

「だがなぁ、お前さんの異母妹であるアンジェリカ・ブラットリーが実は魔女で、この国の高貴な若者たちを魔法で誑（たら）し込み国を滅亡に向かわせているとは。おとぎ話の筋書きでも、もうちょっとひねりを入れるだろうと言いたくなるところだ」

「確かに、信じられない話かもしれませんが……」

「国を追い出されたお前さんの創作話だと言われた方が、まだ納得できるよ」

侯爵の言葉に、場の空気は俄(にわ)かに緊張した。

やはり彼は、私たちの話を信用できないということだろうか。

だが、その疑念はまもなく解消された。

侯爵は皺(しわ)の寄った眉間(みけん)を揉むと、アンジェリカに対する己の考えをとつとつと語り始めたのだ。

「だが、その話に納得している己もいる。やんちゃではあるが英明であらせられたライオネル殿下を筆頭に、この国の貴族の息子たちは今やあの娘の寵愛を競うのに忙しい。儂はなんとか、その乱れた風紀が騎士団にまで及ばぬよう尽力することだけで精いっぱいだった。それも寝付いている間に、一体どうなってしまったことか。現場復帰を考えると、今から頭が痛い」

どうやら侯爵も、以前からアンジェリカのやりようには不信感を覚えていたようだ。

確かにまるで女王のごとく男たちを侍(はべ)らす彼女のやり方は、良識を持つ人々からすれば非難されてしかるべきである。

それが非難されるどころかまるで彼女こそが王であるかのように崇(あが)められているのだから、この国の異様さが知れようというものだ。

「儂が知っているだけでも、時代遅れの決闘でどれだけの若者の将来が閉ざされたか。中には高貴な身分の男性に決闘を挑んだ咎で、家ごと取り潰された者もいる。まったく正気とは思えない。殿下はおろか陛下まで、この乱痴気騒ぎに苦言の一つも仰(おっしゃ)らないのだから」

確かに侯爵からすれば、頭の痛いことだろう。貴族の若者の多くが騎士団に所属しているし、なにより――。

「我が息子バーナードも、鍛錬を怠りあの女から四六時中離れぬ始末だ。儂の言葉にも聞く耳を持たん。廃嫡にすべきかと、思い悩んでいたところだ」

またも廃嫡だ。

アルバートは自ら王太子位を辞そうとし、レオンにも廃嫡の危機が迫っていた。これでバーナードまで廃嫡となれば、アンジェリカの取り巻きの中で社交界に残れるのは、宰相の息子のクリストフと、パーシヴァルの王太子であるライオネルだけになってしまう。

もっとも、病んだレヴィンズ侯爵が新たな後継者を指名せずになくなっていれば、バーナードは何の問題もなく侯爵位を受け継ぎ若き侯爵閣下となっていたのだろうが。

ここまでくると、バーナードの廃嫡を退けるために侯爵を病にしたのではないかと、勘ぐってしまいたくなる。

なにせアンジェリカは、権力を失った男も見捨てず愛(め)でるような、寛容さは持ち合わせていないのである。

そのことは、廃嫡間近であるレオンからのプレゼントは受け取ることすらしないという事実一つとっても、確からしいことのように思われた。

「毒婦とは、まさにあの女のことよ。その細腕一つで国を傾けているのだから、見事とも言えるがな」

　侯爵が皮肉げに笑う。

　彼にしてみれば、忠誠を誓った国が年端も行かぬ娘に蝕まれているのだから、そのむなしさもひとしおだろう。

「それで、貴殿たちはその魔女相手にどうしようと？」

「私は、魔女としての力を持つセシリアと共にアンジェリカを除くべく、この国に帰って参りました」

　侯爵にわずかな疑念も抱かせないよう、アルバートが静かに言い切った。

「ほう？　ですが我が国の弱体化は、テオフィルスにとって悪いところばかりではないのでは？　長年の友好国ではありますが、それ以前は領土を巡って争いを繰り返した仲ですぞ」

　侯爵が、まるでアルバートを試すように過去の歴史を持ち出す。残念ながら境界が接している国同士、一度も剣を交わしていないなどということはあり得ない。

「それはあくまで過去のこと。我が国に衰えた隣国を併呑するだけの余裕はありませんよ。それに私は、この国に来るに当たって王位継承権を放棄する覚悟をして参りました。今はテオフィルスの王族としてではなく、国交の将来を憂う一人の男とお考えください」

「ほう……それはまた」

　これまで優位に話を進めていたレヴィンズ侯爵が、ここに来て驚きに目を見開き言葉を失っていた。

その太い指が顎髭を撫でているところを見ると、どうやらこれが考え事をするときの侯爵の癖らしい。

「殿下の決意はわかりました。そしてセシリア殿」

突然かしこまった呼び方をされ、私は姿勢を正した。

先ほどは切りつけようとまでしてきた相手だ。どうやら話を信じてくれた様子ではあるが、だからといって油断はできない。

そう——思っていたのだが。

「先ほどは失礼した。そしてあなたが追放された折も、手をこまねいていた儂を赦してほしい。公爵家のもめ事に介入すべきではないと思っていたが、今にして思えばあれは怠惰であった」

侯爵は私に謝罪しながら、遠い目をした。

私が国を放逐された日のことを思い出しているのだろうか。

まだ二年ほどしか経っていないというのに、あの頃の記憶は既に朧気だ。

人は己を守るために、辛い記憶を忘れるという。今思い返すよりもきっと、当時の私は辛かったんだろう。

でもだからといって、辛かったと過去の不満を口にしたところで何の意味もない。

「いいえ。貴族のそれも当主であれば、一族を一番に考えるのは当然のこと。私も国を出て、味方を得ることができました。追放されたことが、悪いことだけだとは思いません」

「セシリア殿……」

「それに正直なところ、私はこの国を恨んでいました。なのでこのままこの国が滅ぼうとも、自分には関係ないと思っていた。戻ってきたのは、アルバート様に協力を要請されたからです。自分が魔女であると知って驚きましたが、現状を打開する力があるのなら行動するべきでしょう」

少し危険かもしれないと思いつつ、私は自分の正直な気持ちを語った。

海千山千の侯爵には、おためごかしを言ってもすぐに見破られてしまうと思ったからだ。

「それに、テオフィルスからこちらに向かう道中、故郷を目にしてその思いを強くしました。現在テオフィルス国内はひどい状況です。王都近郊はまだましですが、貴族による独断専行の弊害として貧富の差が広がり、各地で加速度的に治安が悪化しています。実際、パーシヴァルに入って合計で六回、盗賊による襲撃を受けました。それに既に各地の商人はテオフィルスを避け始めており、このままでは大陸内でも孤立してしまいます」

「なんと……それほどまでにひどい状況なのか」

今度こそ侯爵は頭を抱えた。

おそらく彼の側近は、病で伏せっている侯爵を煩わせまいとその辺りのことを報告せずにいたのだろう。

実際やつれた相手に更に頭の痛い話をするのは気が咎めたが、だからといって遠慮ばかりしていては、いつまで経っても状況は改善しない。

　私たちは、旅を通して見てきた国内の状況を更に克明（こくめい）に彼に伝えた。

　将軍位を持つレヴィンズ侯爵であれば、軍を掌握することは容易だ。あとは国王陛下、あるいは宰相の命令があれば、軍を各地の治安維持に派遣することができるだろう。

　中央軍の地方派遣は治安の向上と同時に、各地に領地を持つ貴族たちが調子に乗ってやりすぎないよう、にらみをきかせるという効果もある。

　正直なところ、この国のアンジェリカに対する対応は後手後手に回っていて、今では表面化し始めた問題に対処することすらままならない状況だ。

　勝手をし始めた貴族に首輪をはめるには、正直なところ軍事力による脅（おど）しが最も効果的だと思われた。

　しかも表向きの理由が各地の治安維持であれば、貴族たちは感謝こそすれ余計なことをと反論することはできない。

　もしかしたらいくつかの貴族の屋敷から不法の証拠が見つかるかもしれないが、それらはあくまで治安維持のついでの偶然の産物なのである。

　ここまで話すと、私を訝（いぶか）しげに見ていたレヴィンズ侯爵の目の色は、すっかり先ほどまでとは違うものになっていた。

「いやはや、アンジェリカを除いたあと一体どうしたものかと思っていたが、あなたがライオネル殿下の婚約者であれば安心だ」

一体どういう意味だろうか。

私が過去の地位に戻ることなんて、未来永劫ないというのに。

「レヴィンズ卿、彼女は——」

アルバートの言葉を遮って、私は言う。

「残念ですが、過去は戻りません。わたくしがその地位に王太子妃になることもまた、ないでしょう」

「なんと、それは残念だ」

侯爵の切り替えは迅速だった。

特に気にしたふうもない様子で、皺の寄った顔に意地の悪い笑みを浮かべた。

「それで、この老いぼれに何をさせるつもりだ？」

そして私たちは、これからどうするかについての話し合いに入った。

＊＊＊

軍閥の名門であるレヴィンズ侯爵の嫡男バーナードはその日、王宮で開かれた舞踏会を途中で辞して夜半過ぎに帰宅した。

最近はアンジェリカと悪友ライオネルのいる王宮に泊まり込むことがほとんどなのだが、この日は父親で侯爵であるスタンレー・レヴィンズが危篤だという知らせが入り、泡を食って舞い戻ったという次第である。

若くして剣技の才に目覚めたバーナードは、遠方まで鳴り響くその武勇に反して見た目は緩く波打つ髪をだらしなく垂らした優男（やさおとこ）だった。

その容姿は父に似ても似つかず繊細（せんさい）で、アンジェリカに執着する前は高級娼婦や未亡人と絶えず浮名を流していたほどである。

「親父（おやじ）殿は？」

バーナードを出迎えたのは、幼い頃から世話になっている家令だった。背筋がまっすぐに伸びた眼鏡の老人は、バーナードの羽織っていたフロックコートを受け取ると、素早く主寝室へと案内した。

あの殺しても死にそうになかった親父がと、バーナードは感傷を覚えた。

部屋の中に入るのが、恐ろしいとすら感じる。

最後に父に会ったのは十日以上前で、そのときはまだあちこち出歩こうとして家令が必死に押しとどめていたほどだったのだ。

その親父の命の炎が今、儚くも消えようとしている。

悲しいはずなのに、なんだか頭に靄（もや）がかかっているようで深く考えることができなかった。

もし父が死ねば、自分が侯爵となり一族の家長となる。

遠方の親類に使いを出さねばならないし、王宮にも使者を出さねばならない。当然今後は気楽に遊んでいる時間もなくなるはずだが、なぜかバーナードは翌日には再びアンジェリカの元に行かなければという義務感を抱いていた。

父が死ぬという異常事態にどうなのかとも思うが、今のバーナードにとってアンジェリカに会いに行くことは息をするよりも当たり前のことだった。

家令に続いて部屋に入ると、寝台の上にシーツをくるまった塊が見える。

「親父……」

駆け寄るべきかと迷っていたその瞬間、バーナードは後ろから何者かに突然羽交い締めにされた。

「なっ⁉」

驚いて振り返ると、そこにいたのは自国に帰ったはずの友人アルバートだった。

「おまっ、なにを！」

こんなときにふざけるなとか、国に帰ったんじゃなかったのかとか、いろいろな疑問が浮かんでは消えていく。

混乱したバーナードはろくに抵抗することもできず、忙しなくあちこちに視線を彷徨わせた。

すると——……。

「ヒパティカ、頼んだ！」

後ろにいるアルバートが、誰かに向かって叫ぶ。

見ると、父親の眠る寝台の柱の陰から、白銀の髪を持つ見知らぬ青年が出てきた。

何がどうなっているのかわからないまま、バーナードにとって更に驚くべきことが起きる。

なんと、目の前の青年が急に膨張し毛だらけの化け物に転じたのだ。

バーナードは驚きを通り越し、唖然とその場に立ち尽くしてしまった。

獣の身体と鳥の顔を持つ化け物は、バーナードに駆け寄ると鋭いくちばしを持つ大きな口を開いた。

まさか食われるのだろうかと、バーナードは絶叫した。

アルバートの足を踏むのも構わず、バーナードはめちゃくちゃに暴れる。相変わらず化け物は、口を開けたままでいる。

するとなんだか靄のようなものが、自分からどんどん出てきて、化け物の口の中に消えていった。


——何かを食われている⁉


今まで人間相手ならば負けなしだったバーナードでも、この状況にはさすがに面食らっていた。

命数の尽きかけた父を看取（みと）ろうとやってきてみれば、白銀の化け物が出てきたのだからそれも当然のことである。

しかし背後から大の男に羽交い締めにされては、さすがのバーナードもそう簡単には逃げられない。

そうこうしている間に、目の前の化け物は胸を膨らませておなかいっぱいとでも言いたげにくちばしを閉じた。

自分がまだ生きていることに、驚きを覚えたバーナードである。

そして白銀の獣は、バーナードの目の前で再び秀麗な青年の姿に戻った。もはや何が現実で何が幻想か、わからなくなるような事態だ。

もう暴れないと判断したのか、アルバートが戒めていた腕を外す。

支えがなくなり、バーナードは床に尻もちをついた。茫然自失のあまり、受け身すら取れないような体たらくだ。

「ありがとう、ヒパティカ」

すると、天蓋の陰から別の人物が出てきた。

それは父でもなければ、青年と同じように変化する化け物でもなかった。

「セシリア……か?」

現れたのは、パーシヴァルを追われたはずの元公爵令嬢だった。

そしてバーナードにとっては、かつてライオネルの婚約者として親しくしていた時期もある相手である。

だが腹違いの異母妹であるアンジェリカに嫌がらせをしていると聞いてからは、その姿を見ることすら不快になる相手であった。

彼女の取り澄ました顔を見ていると妙に苛々して、母親ともども国を追い出されたときにはひどくすっきりしたものだ。

今にして思えば、たとえどんな辛辣な行いをしていようとも、か弱い少女とその母が追い出されるのをどうして笑って見ていられたのであろうか。

二年前、まだ幼さを残していたセシリアの顔は、研ぎ澄まされ冴え冴えと美しかった。しかしその肌は日に焼けており、表情の厳しさからは彼女の苦労が偲ばれる。

(どうしてこんなことを、思うのだろうか)

バーナードは今、今まで一度も感じたことがないほどの後悔に襲われていた。

彼女が放逐されたとき、どうせすぐに野垂れ死ぬであろうとあざ笑った己を思い出したのだ。

バーナードは多情な男であったが、決して薄情な男というわけではなかった。後腐れがないような相手ばかり選んで遊んでいたものの、それぞれの女性には気遣いを忘れず、折々の贈り物も欠かさなかった。

だからこそ、プレイボーイでありながら大きな問題も起こさずここまできたのだ。

バーナードにとって女性とは、どんなときでも守らなければならない相手であった。

この国の騎士道は、女子どもに優しくすべしと説いている。

バーナードもまた、生まれてこの方そう言い聞かされてきた一人だ。

それをどうして、か弱い女性が一人矢面に立たされているのを許容できたのだろうか。

助ける手を差し伸べることもなく、きちんと本人の主張を聞くことすらせずに――。

「あ……あ……」

尻もちをついたまま立ち上がれずにいるバーナードを、セシリアが冷たく見下ろした。それは憎しみの眼差しではなくて、しいて言うなら虫けらを見るような無関心の視線だった。

「やれやれ、我が息子ながら情けないな」

そう言って、今度は寝台から危篤状態であるはずの父親が起き上がってくる。

「お、親父……」

一体どういうことだと尋ねたかった。だが、訳がわからなさ過ぎて何から尋ねていいかすらわからない。

「さっさと立て。話が進まんではないか」

そう言って、無情にも父親は寝台から出るとすたすたと部屋の外に出ていった。

セシリアや例の銀髪の青年もそれに続く。

「大丈夫か？」

ぽかんと呆けているバーナードに、アルバートの手が差し出される。

おとなしくその手を借りて立ち上がると、ついこんな言葉が口をついた。

「どうなってるんだ、一体」

その言葉に、アルバートは小さく笑う。

「気持ちはわかる。じきにすべてわかるさ」

そう笑ったアルバートの顔はなぜか妙にすっきりとしていて、こいつはこんな風に笑う男だっただろうかと、バーナードは首を傾げたのだった。

第四章　魔女と守護精霊と私

順調だった。

レヴィンズ侯爵に続いて、彼の協力を得て息子であるバーナード・レヴィンズの魅了も解くことができた。

レオンと同じで未だ記憶は混濁しているらしいが、アンジェリカに対する特別な感情はもう残っていないようである。

また、セシリアが国を追われるとき助けなかったことを謝罪された。

こうもまっすぐに謝罪してきたのは、アルバート以来か。

アルバートに再会して謝罪を受けたときには、絶対に赦さないと返事をしたものだが、バーナードの謝罪は意外にもすんなり受け入れることができた。

それはバーナードの謝罪が心に響いたからとかそんな理由では全くなくて、むしろ彼のことを何とも思っていなかったからこそ、どうでもいいと思ってしまったのだ。

幼い頃から共に過ごしてきた弟のレオンの裏切りは赦せなかったけれど、それほど親しかったわけでもないバーナードへの怒りはさほどでもなかったということか。

信頼を抱いていた分だけ裏切られたときの反動が大きいのだと、この出来事で改めて自覚したのだった。

アルバートのことも、アンジェリカが現れる前は大切な友人だと、思っていたから。

とにかく、これでレヴィンズ侯爵家を味方につけることができた。早速軍に復帰するのだと張り切るスタンレーだったが、元気に活動されるとアンジェリカに怪しまれる危険性があるので、もうしばらくは寝付いているふりをしてほしいと要請しておいた。

代わりに、見舞いを装って部下と面会してもらい、訪ねてきたところをヒパティカの力で魅了を解こうという算段だ。

レオンとバーナードにかけられていた魅了、それにレヴィンズ侯爵にかけられていた死の呪いを吸収したことで、ヒパティカは確実にパワーアップしていた。

レオンのときは苦戦していた解呪も容易になったようで、これからは複数人同時でも大丈夫だと意気込んでいる。

ただ、しばらく侯爵家に滞在してもらうことになると話すとヒパティカは不満そうな顔をしたが、私からよくよくお願いしてなんとか了承してもらった。

ぜひ一人でも多くの魅了を解いて、仲間を増やしてほしい。

また、魅了が解けたバーナードにはこちらも怪しまれないように毎日アンジェリカのもとに通ってもらい、あちらの情報を流してもらうことになった。

勿論再び魅了をかけられてはたまらないので、侯爵の不調を理由に王宮に泊まり込むことをやめ、帰宅してヒパティカの解呪を受けてもらう。

バーナードの正気を維持するためにも、ヒパティカの侯爵家滞在は絶対条件というわけだ。

ちなみに、屋敷に戻ってジリアンにこの話をしたら、「軍属のたくましい男たちが侯爵家に集まる」と大層ヒパティカを羨ましがっていた。

＊＊＊

それからしばらくは、穏やかな日々が過ぎていった。

侯爵家から送られてくる報せでは、貴族子息たちの魅了解除はどうやら順調にいっているようである。

また、魅了が解けた者たちをどんどん治安維持の名目で地方に送っているらしく、月熊商会を営むクレイグからは旅に必要な保存食などが市場から消えているという話を聞いた。

ほかにも新しい武具や防具の類も引き合いが多いそうで、王都の市場は俄かに活気づいているようだ。

どうやら治安の悪化を理由に移動を控えていた商人たちも、兵士たちに便乗して地方に向かう心づもりらしい。

降って湧いた好景気に、王都の商会はどこも嬉しい悲鳴を上げているそうだ。

あとはこの遠征によって交易路の治安が確保されれば、足が遠のいていた行商人たちもいずれ戻ってくるだろう。

息を吹き返したように騒がしくなった街を見ながら、私は少しだけ浮かれていた。

まだアンジェリカには会うことすらできていないけれど、それでも自分のしたことが少しずつ実っているように思えて、確かな手ごたえを感じていた。

テオフィルスでがむしゃらに働いていたときはパーシヴァルなんてどうにでもなれと思っていたが、やはり祖国はそう簡単に捨てられるものではないらしい。

忙しそうにしている人々を見ると心が晴れたし、頑張って作った保存食が売れたとはしゃいでいる人を見て、心が温かくなった。

こんな気持ちはきっと、何の苦労もなくライオネルと結婚していたら一生理解できなかったに違いない。

でも、順調すぎるおかげで私は忘れかけていた。

いや、本当は忘れたかったのかもしれない。

いまだに姿を現さないレイリのことを、思い出さないようにしていた。

そんな魔女は知らないというジリアンの言葉に、本当はもっとよく考えておくべきだったのに。

＊＊＊

その日、私は一人で活気が戻り始めた王都の市場を歩いていた。

暗かった人々の表情は明るく、治安の悪さを嫌って家に閉じこもっていた女性の姿も、少しずつではあるが街に戻り始めている。

私は間違ってもお金を持っているとは思われないよう、ぼろぼろのみすぼらしい格好をしてある人を探していた。

ある人——というよりは歌だろうか。

そう、例のお姫様の歌を歌っている人間がいないか、探していたのだ。

ちなみに、アルバートも一緒に来るとうるさかったのだが最後まで拒絶した。

そもそも、あの歌は女性たちの間で歌い継がれている歌なのだ。

男性のアルバートが一緒では、見つかるものも見つからない。

レイリの話では、あの歌がアンジェリカの力の源になっているらしいので、何かしらの対策をしなければいけないとは考えていた。

だが、一度国中に広まってしまった歌を妨害するというのはなかなかに難しい。

たとえ国に規制されようとも、密かに語り継がれていくのが歌のよさであり強さである。

ましてこの歌は、女性の間でのみ歌われているという特殊な条件が付く。公に歌われているものではないので、その現場を見つけることは困難なように思われた。

私は外敵の侵略を防ぐため複雑に曲がりくねった道を歩きながら、どこかに女性の姿がないかと探していた。

できれば一人ではなく、数人で固まっているところが望ましい。重要なのは、その場に男性がいないということである。

例えば私がテオフィルスで働いていたテーラーの工房や、共同の洗濯場などが見つけられるとなお良い。

この王都で生まれ育ったのだから土地勘は多少あるものの、市民たちの生活圏のことはよくわからないので、探索は難航していた。

一応出かける前にクレイグやジリアンにも確認したのだが、彼らの生活圏は商業区域なのでわからないと言われてしまった。

まあ当たり前と言えば当たり前か。

私が公爵令嬢だった頃に他の階級の生活などちっとも知らなかったように、商人である彼らが市民の生活圏について詳しいはずもない。

とにかくお姫様の歌を歌っている人間がいないかとあてもなく彷徨っていると、やがてどこからか聞き覚えのある節回しの歌が聞こえてきた。

歌詞を聴き取ることはできないが、メロディーは旅のさなか女たちから聴かせてもらったそれに酷似(こくじ)している。

ようやく目的のものを探し当てたという気持ちで、私は先を急いだ。

けれど入り組んだ道のせいで、なかなか歌声がする方向に近づけない。

進もうとすれば壁に突き当たり、迂回(うかい)しようとすれば民家が先を塞いでいる。

それでも苦労してなんとかたどり着いたのは、噴水のある小さな広場のような場所であった。

その噴水の縁に座り、美しい歌声で歌を歌っている女がいる。

――それは、レイリだった。

彼女を取り囲むように、女の子たちがその歌に耳を傾けていた。

家の前で立ち話をしていた主婦たちも、いつの間にか話をやめて歌に聴き入っている。

私は言葉もなく、その場に立ち尽くした。

レイリがお姫様の歌を歌っている。

やはり彼女は私を裏切っていたのかと、泥を飲んだような気持ちになった。

――しかし。

「遠い異国に、お姫様がいました。お姫様は努力家で、いつもお勉強ばかりしておりました。お姫様はその美しさと賢さで、王子様との結婚が決まっておりました」

メロディーこそ同じだが、その歌の歌詞は以前聴いたものとまるきり違っていた。

「けれどある時意地の悪い魔女が現れて、お姫様から全てを奪ってしまいました。暖かいおうちも、勇ましい婚約者も、優しい友人も、全部全部奪ってしまいました」

その歌は、私の歌だった。

祖国を追われたお姫様がその賢さで困難を乗り越え、やがて悪い魔女を倒す物語だった。

歌い終えたレイリの周りで、女の子たちがはしゃいでいる。

「私が知っている歌と歌詞が違うわ」

「お姫様には意地悪な姉がいるのよ」

「このお姫様に意地悪なお姉様はいないのよ」

無邪気な質問に、レイリが優しく答える。

「素敵な歌ね。私こっちの方が好き」

「私も！　お姫様が自分で魔女を倒すのよ！」

はしゃぐ女の子たちに断りを入れ、立ち上がったレイリがゆっくりとこちらに近づいてくる。

いつから私の存在に気づいていたのだろう。

その足取りは迷いがなく、表情は静かな諦観で引き締められていた。

「セシリア、大切な話がある」

再会したら問い詰めるつもりだったのに、まさか向こうからこうして話にやってくるなんて想像もしていなくて。

だから私はずっと不在にしていた彼女を責めることも、その理由を聞くこともできずに、黙って頷くしかできなかった。

＊＊＊

夕刻になり、集まっていた少女たちは次々家に帰っていった。先ほどレイリが歌っていた、新しいお姫様の歌を歌いながら。

夕日の中を駆けていく子どもたちは、不思議と郷愁を感じさせた。

どうしてだろうか。

幼い頃から、あんな風に無邪気に遊び回ったことなど、一度もないはずなのに。

「ああして、魔法の歌の替え歌を各地で歌い広めていた。人々が新しい歌を歌うようになれば、あの城にいる魔女の力は削がれよう」

レイリはそっと、高い尖塔を持つ王城を仰いだ。

行方をくらましていたレイリが、アンジェリカの力をそぐために各地で働いてくれていたことはわかった。

けれどそれだけでは、ジリアンがレイリを知らないと言った理由も、何も言わずにいなくなった理由も、何一つわからない。

一体彼女は、どういうつもりなのだろう。

敵なのか味方なのか、それすらもわからない。

歌のことだって、一見こちらの味方をしているようにも思えるが、私の存在に気づいて咄嗟に歌の歌詞を変えた可能性もある。

私は、ヒパティカを侯爵家に置いてきたことを少しだけ悔いた。

まだまだ未熟な魔女の私だけでは、レイリを捕まえることも、そして真実を話させることも、何もできない。

「怒っておるか?」

「え?」

思ってもみないことを聞かれ、思わず答えに詰まる。

私は、怒っているのだろうか。

自分に問いかけてみる。

今感じている感情は、単純な怒りなどではなかった。例えば目の前のレイリを怒鳴りつけたいとは思わない。

ただ不気味で、道理に合わないと感じている。

提示された情報があまりにも不完全すぎて、全体像が掴めないのだ。たとえるならそう、ピースがいくつも欠けてしまったパズルのような。

「あなたの目的は何なの？」

結局出てきたのは、そんな陳腐な問いだった。

しばらくレイリは、なんの返事もしなかった。

日はすっかり暮れて、あちこちの家の窓からあたたかな光が漏れている。おいしそうなにおいがして、子どもたちのはしゃぐ声が聞こえた。

「長い話になる」

それはあまりにも小さな声だったので、危うく聞き逃してしまうところだった。

どんなに長い話であろうとも、聞かないという選択肢はない。

私は頷き、彼女の話に耳を傾けた。


それは遠い昔から続く、魔女と共に生きる守護精霊の悲しい物語だった。

「最初に、謝っておかねばならんことがある。私は魔女ではない」

ジリアンの疑問は、やはり正しかったわけだ。

しかしそれでは、どうして魔女を騙ったりしたのかという疑問が残る。

ジリアンは、魅了の魔法を解くことができるのは精神に働きかける魔法を持つ魔女か、あるいは魅了を使った魔女本人、そしてその眷属だと言っていた。

本人でないならば、レイリは魅了をかけた魔女の眷属ということなのだろうか。

「ならあなたは、アンジェリカの仲間なの？」

ずっと胸の奥で握りしめていた質問を、ようやくレイリに投げかけるときがやってきた。レイリは黙り込む。

じゃばじゃばという噴水の音が、沈黙の中でやけに耳についた。

「仲間では、ない。けれど敵にも、なり切れなかった」

それは、否定でも肯定でもなかった。

そしてレイリは、おもむろに己の白銀の髪を握り私にそれを見せた。

「もっと早くに、話しておくべきだった」

彼女の赤い瞳は、ひどく寂しげだった。

私はその色を、どこかで見たことがあるような気がした。宝石のごとき、鮮やかなピジョンブラッド。

「私は——そう、お前から居場所を奪った歌の魔女の、守護精霊として生まれたのだ」

この告白には、さすがに驚かされた。

守護精霊ということは、魔女でないどころか人間でもないということである。

「じゃあ、あなたもヒパティカみたいに、獣の姿を持っているの？」

私の問いに、レイリはゆっくりと頷いた。

だが、いくら言葉でそうだと言われても、私は人間の姿をしたレイリしか知らない。人ではなく精霊だと言われても、そう簡単に信じられるものではないのだ。

「まあ、元の姿に戻ってもいいが、この場では差しさわりがあるな」

さすがにこんな街中で巨大な獣の姿になられては困るので、私も無理に証明しろとは言えなかった。

「とにかく、話の続きを聞かせて。あなたがアンジェリカの眷属だというのなら、どうしてアルバートやセルジュの魅了を解くようなことをしたの？　アルバートはあなたのことを、テオフィルス国王の招集に応じてやってきた魔女だと言っていた。かつてのテオフィルス国王と盟約をかわしていた魔女は、一体どこに行ったの？」

レイリの主張を信じるためには、明確にしておかねばならない問題がいくつもあった。

まずは魔女でないのならばなぜ、テオフィルス国王の招集に応じたのかということである。

「テオフィルス国王と、盟約をかわしたのは私だ。当時は魔女だなどと名乗ってはいなかったが、不思議な力を使う女のことをかつてのテオフィルス王が魔女と勘違いしたのは無理からぬことだ。私もあえて、否定しなかった。守護精霊の存在すら知らない人間に、説明する必要性を感じなかったからだ」

確かにそんな説明をするより、自分は魔女だということで通した方がやりやすかっただろう。

守護精霊が人の形をとると知っている私ですら、彼女が精霊であるとずっと気づかなかったほどなのだから。

だが、これでジリアンがレイリの名前を知らなかったことにも説明がつく。

精神の魔法を使う魔女でなくとも魅了を解除できた理由は、レイリがアンジェリカの眷属だったからだろう。

だが、守護精霊だというのならばレイリはアンジェリカと共に生まれ共に行動してきたはずだ。

私はヒパティカしか知らないけれど、彼も姿が見えなかっただけでずっと私と一緒にいたのだと言っていた。

ではなぜ、離れることになったのか。

あまつさえ、アンジェリカの意にそぐわないことをしようとしているのか。

まだまだ、理解できないことが多すぎる。

それが顔に出ていたのだろう。レイリが年齢不詳のその顔で苦く笑う。

「なぜ魔女と共にいないのか、ということが気になるのだろう?」

「それはそうよ。あなたが今もひそかにあの女とつながっていて、私たちを見張っているというのなら、どうあっても排除しなくてはならないもの」

即答した私に、レイリは今度こそ楽しそうに笑った。

別に笑わせたかったわけではないので、妙に腹が立った。

私たちがアンジェリカに持つ唯一のアドバンテージは、あちらがこちらの居場所を知らないというものである。

レイリがアンジェリカの味方であれば、そんな小さな優位など簡単に吹き飛んでしまうのだ。

「私はな、捨てられたのだよ」

すると突然、レイリが吐き捨てるように言った。

「え？」

「まだお前に、話していなかったことがある。それは魔女の死についてだ」

私の疑問には答えず、レイリは話し続けた。

「魔女の死には守護精霊が深くかかわっている」

「待って。魔女は不老不死ではなかったの？　どの魔女も人間よりはるかに長く生きると言ったのはあなたじゃない」

「確かに魔女は人間よりもはるかに長く生きる。だがそれは決して、死なないということではない。魔女だって死ぬ。そして魔女を殺すのは、生まれたときからずっとそばで見守ってきた守護精霊なのだ」

想像もしていなかった言葉に、私は何も言えなくなってしまった。

レイリが、泣きそうな目でこちらを見る。

「隠していたわけではない。けれどお前がこれを知ったらヒパティカを恐れるようになるかもしれない。だから、言えなかった」

いつも自信に満ち溢れたレイリが、こんなにも弱々しく見えるのは初めてだった。

私がヒパティカを恐れたところで、彼女にはなんのかかわりもないはずなのに、闇の中にぼんやりと浮かぶその表情はあまりにも痛ましい。

その瞬間、私は彼女が言った言葉の意味を察した。

「つまり……アンジェリカは恐れたのね。あなたを」

私の言葉に、一瞬だけレイリの目に怒りの炎が瞬いた。

美しい赤い瞳が、より色を濃くする。

だがすぐに、彼女は目を伏せてその色を隠してしまった。

まるで彼女の熱を冷ますかのように、冷たい風が私たちの頬を撫でる。

常に人を食った態度のレイリが、初めて子どものように頼りなく思えた。

「なにも、守護精霊が突然我を失って魔女を殺すわけではない。長い時に飽きた魔女を殺せるのは、現実的に考えて守護精霊だけなのだ。過去に幾人かそう願った魔女がいて、守護精霊はその願いを叶えた。叶えてそして――その死体を食った。そうすることで守護精霊は、天に上り一柱の神となるのだ」

レイリの話の壮大さに、私は瞬きを繰り返した。

「彼女は私に、こう言った。神になりたいだろう。神になるために私を殺したいだろう、と」

当時のことを思い出しているのか、その声音はあまりに悲壮なものだった。

「誰が、共に生きる魔女を殺したいものか！　魔女を食った守護精霊は悲しみで天に帰るのだ。その決断を喜んでいる者など誰もいない。だが、私の魔女は私を恐れた。そして魔法をかけた。私が魔女に近づくことをできなくする魔法だ」

ここにきて、初めて明かされる話だった。

「そんな魔法があるの？」

「ある。といっても、守護精霊を遠ざける魔法には制限がある。精霊が近くにいなければ魔女は弱体化し、力を存分にふるうことができないからだ」

つまりアンジェリカは、己の死を恐れ己の最大の味方である精霊を遠ざけたということになる。

私は、自分だったらどうするだろうかと考えてみた。

自分をいつか殺すかもしれない存在だからと知って、ヒパティカを遠ざけたいだろうかと。


――答えは否(いな)だった。


そんな私の考えを知ってか知らずか、レイリは話を続けた。

「守護精霊を遠ざける魔法には、死角があるのだ。それは、術者である魔女が心からの恐怖を覚えたときに発動する。魔女が本能からの恐怖を覚えたとき、私はその感情に共鳴し、魔女のもとに引

き寄せられるだろう」

「つまりあなたは、もう一度アンジェリカに会いたいから私に協力したの？」

強大な力を持つ魔女を、恐怖させることができるのは自分を食うという守護精霊か、あるいは別の魔女くらいだろう。

事実、私の知るアンジェリカはいつも笑っていて、なにかを怖がるということがなかった。

たとえ己を巡って戦う男たちが決闘の末に死んだとしても、彼女は口元に笑みを浮かべていたのだから。

「アンジェリカを追い詰めたとして、最後の最後にあなたが出てきて対抗されたら、たまったものじゃないわ」

私は思ったままの感想を口にした。

正直なところ、アンジェリカとレイリの確執（かくしつ）について興味はなかった。

問題は、せっかくアンジェリカを恐怖させるところまで追い込んだとしても、レイリが出てきて彼女を守られては何にもならないということである。

するとレイリは、ようやく普段のように、意地の悪い笑みを浮かべた。

「安心しろ、それはない。私はあの魔女を食うよ。そのために、あちこちで先ほどの歌を歌って魔女の力をそいでいるのだから」

それは女の私ですら思わず見とれてしまうような、なんとも艶（なま）めかしい笑みだった。

＊＊＊

レイリと別れ屋敷に戻ると、驚いたことにアルバートが玄関先に立って待っていた。

「どうしたの？　何かあったの？」

何か予期せぬ事態が起きたのかと、私はあわてた。

レヴィンズ侯爵を仲間に引き入れたことでようやく物事が順調に動き出したというのに、ここにきてまたなにか不都合が起きたのかと焦(あせ)ったのだ。

「何かあった、だと？」

いつもどこか私に対して申し訳なさそうにしているアルバートが、今日だけは違った。

その顔には押し殺した怒りが浮かんでいて、私はまだ彼が魅了にかかっているときのことを思い出した。

アンジェリカを争って決闘していたとき、彼は決まってこんな顔をしていたから。

「女一人で、ふらふら出かけるなんて何を考えているんだ！　侯爵家にも問い合わせたが、ヒパティカはあちらにいるままだった。それなのに暗くなっても君は帰ってこない。何かあったと思うのは当然だろう！」

あまりの剣幕に、声も出なかった。

頭が真っ白になって、とっさに身構えてしまう。

今のアルバートが怒ったからといって手を出してくるはずがないのに、それは完全に無意識の行動だった。

「あ……」

私の反応に我に返ったのか、アルバートが言葉を途切れさせる。

彼の傷ついた顔を見て、私は強い罪悪感を覚えた。アルバートが私に拒絶されて、深く傷ついたことが伝わってきたからだ。

私たちの関係は、まるでひびの入ったグラスのように繊細で壊れやすいものだった。

私への仕打ちに心を痛めたアルバートが、常に譲ることで構築してきた新しい関係。

その関係に今確かに、ひびが入ったのがわかった。

過去のことを気にするなとは言えないけれど、今回のことは供も連れずに帰りが遅くなった私が悪い。

テオフィルスに暮らしていた頃は私を心配してくれる人なんて一人もいなかったから、ついそのことに考えが及ばなかったのだ。

今はもう、一人ではなく何人もの仲間がいるというのに。

「すまなかった。早く中に入って温まってくれ」

そういってアルバートは私に背を向けた。

けれど最後に見せた彼の傷ついた表情が、頭に焼き付いて離れない。

罪悪感で、胸が苦しくなる。

アルバートはエリーを呼ぶと、私の着替えと身体が温まる飲み物を用意するよう伝えた。

そして自分はそのまま、これ以上ここにはいられないとばかりに去っていこうとする。

「待って！」

私は思わず、その背中に声をかけた。

何かを考えてのことじゃない。呼び止めたところで何と言っていいかはわからなかった。

けれどただアルバートの寂しげな背中を見て、そのまま行かせることができなかっただけだ。

しかし、立ち止まったアルバートはこちらを振り返らなかった。

「なんだ？」

声が固い。

なぜか無性に、アルバートの顔が見たいと思った。

「悪かったわ。心配してくれたのでしょう？」

怒ったということは、そういうことだ。

アルバートは私のためを思って、怒ってくれた。

それがわかっていて腹を立てるほど、私も子どもではない。

公爵家を出て、私はきっとたくさんのことを学んだ。自分のために怒ってくれる人がどれほどありがたいかなんて、以前はわからなかった。

アルバートは無言だった。

その背中からは、戸惑いがありありと見て取れた。

「私、レイリに会ったの」

私の言葉に、アルバートが弾かれたように振り向く。

「な⁉　一体どこで⁉　……いや、今は君の着替えが先決だ。詳しい話はあとで聞こう」

アルバートに促されて、私はエリーと一緒に部屋に戻った。レイリから聞いた話を、いったいどうやって彼に説明するべきか考えながら。

＊＊＊

「なんということだ……」

レイリとの会話を一通り話すと、アルバートは驚きのあまり絶句した。

彼は実際レイリによって魅了から救われたので、より一層衝撃が強いのかもしれない。

「驚かされたわ。でも、そう言われれば納得できる部分もあるの。約一年の間あなたが副作用に苦しめられたのも、解いたのが魔女ではなかったからだそうよ。守護精霊でも魔女の魔法を解くことはできるけれど、加減が難しいんですって」

このあたりのことは、レイリと別れる前に聞いたことだ。

彼女はそう説明して、アルバートに謝っておいてくれと言っていた。

だが彼女が現れてアルバートが救われたのは本当だし、結果的にそれが現在につながっている。

ならば現在侯爵家でヒパティカによって解呪されている人たちは大丈夫だろうかと心配になるが、そちらも問題はないらしい。

問題なのは、アンジェリカの眷属であるレイリがアンジェリカの意図に反して解呪することにあるらしいのだ。

力のベクトルが違うのだという話をされたが、私も理解するには至らなかった。

そもそも私の知る魔法は理論立てられたものではない。なんとなく感覚で行っているものだから、説明が難しいのだということは私にもわかった。

「とにかく重要なのは、アンジェリカを追い詰めることができればレイリが彼女に近づいてとどめを刺せるということだわ。その、彼女の言葉を信じれば……ですけれど」

レイリの言葉がすべて信用できるかは、私にもわからない。

個人的には信じてもいいような気がしているが、その理由を説明することはできなかった。

レイリは私たちを手助けしてくれた。だがそれは一方で、アンジェリカに近づくために私たちを利用したとも言える。

お互いに利益が一致しているのだから問題ないような気もするが、最後の最後でレイリに裏切られたら、今度こそ私たちは後がなくなってしまうのだ。どれだけ慎重になっても、慎重になり過ぎるということはない。

アルバートは文字通り頭を抱えた。

その眉間には深い皺が寄っている。

一方で、アルバートの狼狽ぶりが私を冷静にさせていた。

冷静とは、少し違うかもしれない。

正しくは、何とかなるのではないかという根拠のない自信だ。

「レイリが真実を話していようと嘘を言っていようと、私たちの計画に変更はないわ。どうせ遅かれ早かれ、魅了を解く者がいるというのはあちらも気づくでしょう。私たちが恐れるべきなのは、アンジェリカに存在を悟られることではないわ。臆病風に吹かれて、志半ばで計画を断念することの方よ」

レヴィンズ侯爵を介してまず軍部から魅了を解いていく作戦は、なかなかにうまくいっている。

そうして少しずつアンジェリカの力を削いでいき、今度はこちらが彼女を追い詰めるのだ。

たとえそれがアンジェリカに伝わったとして、なんだというのか。

どうせいつかは知られるはずだった。

それが遅いか早いか、その違いにすぎない。

アンジェリカに企みを知られたからと言って——その咎でたとえ死地に引きずり出されること

になろうとも、私の目的は変わらない。

ふと脳裏に、マーサの顔が浮かんだ。

盗賊に与して、私たちの商隊を襲わせた娘。

けれど彼女たちもまた、治安の悪化によって当たり前の生活を奪われたという意味では、被害者だったのだ。

税の取り立てに貧窮し、犯罪をしなければ生きていけなくなった人たち。

そんな人が、この国には数えきれないほどいる。

アンジェリカによって運命が狂わされたのは、私やアルバートだけではないのだ。

「君は……強いな」

見ると、先ほどまで動揺していたはずのアルバートが、静かにこちらを見ていた。

その口元には、小さな笑みさえ浮かんでいる。

「からかわないで」

「からかってなどいない。君はこの王都であれほどひどい目にあわされたというのに、いまだ闘志を失っていない。なのに俺は、アンジェリカに再び魅了されるのを恐れて、こそこそと逃げ隠れしてばかりだ」

「そんなことを論じても仕方ありませんわ。私には魅了に対する耐性があった。あなたにはなかった。ただそれだけのことよ」

「それだけのことと言っても……」

「逆に、私は剣を扱うことができないし、お腹が減っても狩りをして獲物を捌くこともできないわ。それともあなたは、野宿のときに私が役に立たなかったと責めるの？」

商隊とはぐれて二人だけになったとき、アルバートは野営に慣れているからと獲物を捕まえ見張りをしてくれた。

私一人だったら、あそこで動物に襲われて死んでいてもおかしくなかったはずだ。

「そんなことは！」

「だったらいいじゃない。私たちは、アンジェリカを倒すための運命共同体だわ。何ができる何ができないと、悔やんでいても仕方ないでしょう」

私の言葉に、アルバートは目を丸くした。

そんな驚くようなことは言っていないのにと思ったら、彼は突然破顔した。

「ははっ、さすがだなセシリア。頼りになるよ」

「なによそれ。ふざけないで」

「ふざけてなどいないさ。本当にそう思ったんだ。君はどんな状況になっても、決して諦めない。すごいよ」

そう言ったアルバートの顔があまりにも無防備で、なぜだかひどく恥ずかしい気持ちになった。

「そんな立派な人間じゃないわ」

「立派だよ。少なくとも俺にとっては」

そんな会話をしながら、意外なほどに穏やかな気持ちでその日の夜は更けていった。

＊＊＊

レイリの衝撃の告白から、もう十日は過ぎただろうか。

私とアルバートはいつものように、一緒に朝食をとっていた。

別に示し合わせたわけではないのだが、今のところメイドがエリー一人しかいないので、同時に給仕ができるようにとこうなったのだ。

一応クレイグには新たな給仕を手配するようにお願いしているが、慎重を期さねばならないのでなかなか難しいらしい。

アルバートも特に不自由は感じていないようで、クレイグには無理に探さなくていいと言っていた。

一番身分が上である彼がそう言うのなら、私がどうこう言うことではない。

最近ではエリーも慣れてきたのか、以前のように悲鳴を上げてしゃがみ込んでしまうことはなくなっていた。

今は騎士団が遠征で王都から離れるのを待つ時期だ。

アンジェリカ関連で私にできることはないので、時間があるときはエリーと一緒に掃除をしたりしている。

テオフィルスにいた頃は掃除でも何でもやったので、労働は特に苦にならない。

むしろ、このところ落ち着かない日々が続いていたので、こうして地に足の着いた労働をしていると安らぐ。

といっても、最初に仕事を手伝うと言ったときに、エリーはこの世の終わりのような顔をしていたのだけれど。

「ねえエリー、あなたデボラたちがここを出て行ってから私たちがここに来るまで、一体どうしていたの？」

彼女たちがこの家を出てから私たちがやってくるまでに、たっぷり三年以上が経過している。その間彼女はどうやって過ごしていたのだろうかと、ふと疑問に思ったのだ。

勿論私は口を動かしつつ、手では裾が破れてしまったカーテンを繕っていた。

壁の彫刻の埃を払っていたエリーは、こちらを振り返って小さく肩をすくめる。

「はい。デボラ様に暇を出された後、すぐに屋敷をまるごとジリアン様がお買いになったので、そのまま屋敷を維持するよう命を受けました」

そういえばジリアンが、この屋敷が売りに出てすぐに買ったと言っていたっけ。

食えない相手ではあるが、彼が味方であることは心強くもある。

本人は精神を操る魔法とは相性が悪いらしいが、それでもアンジェリカに味方する男たちを思うと、ひどく心強く思うのである。

「ええと……その頃もメイドは一人だったの？　屋敷の規模から考えると、随分心もとないように感じるのだけれど」

父がこの屋敷にデボラとアンジェリカを住まわせていたと考えると、使用人が公爵家で働いていたコック一人と若いメイドが一人というのは、あまりにも心もとない気がする。父は吝嗇家でもなかったし、デボラやアンジェリカの贅沢に慣れた様子から考えると、最低でも五人は身の回りの世話をするメイドが必要だったのではないかと思うのだが。

すると、その質問にエリーの顔が引きつったのがわかった。

私は、はっとする。

過去のことを思い出させることがエリーのパニック状態を引き起こすとわかっていたはずなのに、何も考えずに質問してしまった。

「あ……答えたくなければ、答えなくていいのよ。別に強制じゃないわ」

ただ何となく思いついただけで、別にそれほど重要な質問というわけではない。

だが、エリーはしばらくうつむいていたかと思うと、何かが吹っ切れたかのように勢いよく顔を上げた。

「あの！」

いつも控えめなメイドが、珍しく大声で言う。

「ほ、他にもいたんです。私以外にも何人もメイドが。でも皆さん、ある日突然いなくなってしまったんです。デボラ様を怒らせると、次の日にはベッドからいなくなっていて、逃げ出したって聞かされました。でも私、聞いたんです」

「聞いたって、なにを?」

「私は……一つ年上の女の子と、同じ部屋で寝ていたんです。ある日その子がミスをして、ひどくおびえていて。でも自分は逃げないって言ってました。家族に仕送りしなくちゃいけないから、逃げられないんだって。でもその晩、ふと夜中に目が覚めたんです。そしたら部屋の中で人が身動きする気配があって!」

息継ぎを忘れたかのように、エリーは早口でまくし立てた。

「……それで?」

「怖くて寝たふりをしました。でも、人が暴れるような音が聞こえて、しばらくして静かになりました。それから何かを引きずるような音と、ドアが閉まる音がしました。私は怖くて、一晩中ベッドの中で震えていました。朝日がさしてようやく隣のベッドを見たら、その女の子はいなくなっていたんです」

思わぬ打ち明け話に、私は思わず息を呑んだ。

エリーの言うことが正しければ、そのメイドの少女は何者かに攫(さら)われた可能性が高い。

しかも偶然、前日にデボラを怒らせていた。

この屋敷に来たばかりの頃、エリーがあんなにも怯えていた理由を知る。おそらく私を怒らせたら、自分も同じように連れ去られるかもしれないと思ったのだろう。

その少女の身にどんな不幸が起こったかはわからないが、この家の主人だったデボラが無関係のはずがない。

「その話は、他の誰かにした？」

試しに尋ねると、エリーは激しく首を左右に振った。

私だけに話してくれたということは、少しは心を開いてくれていると思っていいのだろうか。

「そうなの。でも安心して、もうそんな怖いことは二度と起こさせないわ」

私が断言すると、エリーはまるで子ウサギのように不思議そうな顔をした。

もう二度とあの母娘の好きにはさせないと、私は心の中で今一度決意を新たにしたのだった。

＊＊＊

何もかもが気に入らない。

教えられた礼儀作法などかなぐり捨てて、少女は荒々しく歩いていた。ヒールが沈み込んでしまうような赤い絨毯（じゅうたん）の廊下。

先ほど出てきたばかりの広間では、明け方まで続く華やかなパーティーが繰り広げられている。

誰もかれもが、少女に会えば褒め讃えた。

美しい。心が清い。麗しい。

少女は、美辞麗句でもって己を語られることに慣れていた。

むしろ、生まれてこの方嫌われるという経験をしたことがなかった。

少女を目に入れたすべての人が表情をやわらげ、まるで蜜菓子のごとく甘く優しく接するのが当たり前であった。

しかし唯一、そうではなかった相手がいる。

それが彼女の腹違いの異母姉である、セシリア・ブラットリーだ。

セシリアは甘やかされてきたアンジェリカと違い、貴族としての教養を持つ娘だった。

政治的な理由で、生まれたときから王太子の婚約者になることが定められた娘。幼い頃から高度な教育を受けており、いつもこちらを見下しているように思えて不快だった。

貴族特有の薄い金髪。気高さを持つ薄紫色の瞳。

アンジェリカの瞳だって珍しい青色だと言われたけれど、そんなことなんの慰めにもならなかった。

彼女は一般的な茶色くて癖のある己の髪を、あまり好んではいなかったからだ。

公爵家にきてからつけられた家庭教師に、セシリアと比べられたのも気に入らなかった。セシリアのように、セシリアを見本に。何度言われたことだろう。

ダンスも礼儀作法も刺繍も乗馬も、幼い頃から習ってきたセシリアが上手なのは当たり前のことだ。

それをどうして比べるのかと、アンジェリカは不満だった。

デビュタントのパーティーでも、セシリアは王太子であるライオネルのパートナーとして出席し、注目の的だった。

どうしてなのだろう。私はこの世界のヒロインなのに。

アンジェリカには、まだ誰にも言ったことのない秘密があった。

それは、この世界の未来を知っているというものである。

ブラッドリー公爵の私生児として生まれたアンは、やがてアンジェリカとして公爵に引き取られ、素敵な貴族の男性たちと恋をするのだとわかっていた。

パーシヴァル王国の王太子ライオネル。隣国テオフィルスの王太子アルバート。次期公爵でアンジェリカとは異母兄に当たるレオン。次期宰相と呼び声高い、リンデン伯爵の息子クリストフ。剣技に秀でた将軍の息子、バーナード。

どの男性もみな、資産家で家柄（いえがら）も申し分ない。

そんな男たちに愛されるはずの自分が、どうして姉と比べられねばならないのか。

それに、セシリアがライオネルの婚約者であることも気に入らなかった。

自分を好きになるはずのライオネルが、セシリアをエスコートして踊っているのだ。そんなの楽しいはずがない。

十六歳で婚約者のいないアンジェリカは、異母兄であるレオンと踊っているというのに。

勿論次期公爵であるレオンは素敵だけれど、王太子であるライオネルと比べてしまうと、どうしても劣る。

おかしい。こんな世界はおかしい。

アンジェリカは思った。

セシリアはまるで物語に出てくる悪役だ。

アンジェリカが主役のはずの世界で、自分がしゃしゃり出てきて邪魔をする。

いつしか、アンジェリカは目障りなセシリアがどこかへ行ってしまえばいいのにと考えるようになった。

そして彼女の願い通り、そんなおかしな世界は修正された。

ライオネルは己の婚約者を捨て、他の子息たちもみなアンジェリカにアプローチしてきた。あちこちの茶会やパーティーに呼ばれ、いろいろな人にほめそやされる生活。

たとえアンジェリカのダンスが下手でも、礼儀作法を間違おうとも、誰も気にしなかった。

惜しみない愛の言葉を注がれ、たくさんのプレゼントが届けられた。

社交界でアンジェリカの存在感が増すほどにセシリアの影は薄くなっていき、やがて二人の立ち位置は逆転した。

セシリアは公爵家の爪弾(つまはじ)き者になり、ついには公爵夫人の不義の子として母親ともども王都を追われてしまったのだ。

やはり自分の考えは間違っていなかったのだと、アンジェリカは思った。

セシリアは悪役だったのだ。

そして自分は、物語の主人公なのだ——と。

それからも、アンジェリカが嫌だと思う相手はどんどん彼女の前から姿を消していった。

つきまとってくるうっとうしい男たちは、ライオネルやアルバート、それにバーナードが倒してくれた。

不快なことは何もない。楽しいことばかりの毎日だった。

——それなのに。

最初におかしいと感じたのは、アルバートの帰国だった。

ずっと傍でちやほやしてくれると思っていたのに、突然祖国に帰ってしまった。

テオフィルスの王が病気にかかったとか、最初の頃はいろいろ言われていたけれど、結局理由はわからなかった。

またすぐに会いに来ると言っていたのに、結局一年以上経った今も連絡はないままだ。

そのあとに、異母兄のレオンがいなくなった。

といっても、レオンがいなくなった理由は明快だった。

アンジェリカがライオネルと恋人同士なのをねたんで、あろうことかライオネルに向けて剣を抜いたのだ。

いくら次期公爵でも、そんな凶行が許されるはずがない。

最初は謹慎という話だったけれど、今ではレオンを追放してアンジェリカを女公爵にという話も出ている。

女公爵という響きは、悪くない。

ヒロインたる自分にふさわしいと、アンジェリカは思っている。

けれど、またしてもおかしなことが起こった。今度はバーナードだ。

いつもならアンジェリカに惜しみない愛の言葉をくれるバーナードが、何も言ってくれなくなった。

それに、いつもアンジェリカ以外の女の子なんて無視する癖に、今日は話しかけられて返事をしていた。あまつさえ笑顔まで見せていた。

おかしい。

そう思っていたら、今度はアンジェリカが主催するパーティーに出席する貴族の息子が著しく減った。

王太子も出席する格の高いパーティーだというのに、だ。

貴族なら誰でも、ブラットリー公爵家の夜会に出席したいと願う憧れの的なのに。

クリストフによれば、出席者が少ないのは騎士団が遠征に行っているからとのことだった。

騎士団は軍部の指揮官クラスが所属する団で、貴族の血を引く男性しか入れない。

騎士団を取りまとめているのはバーナードの父親であるレヴィンズ侯爵で、今は病で寝込んでいたはずだ。

アンジェリカはレヴィンズ侯爵のことが嫌いだったので、いい気味だと思った記憶がある。

ところがその遠征の指示を出しているのはレヴィンズらしく、病気が癒えたのかと思うとうんざりする。

そもそもアンジェリカがライオネルといるのを見るたびに、いつも煩い小言を言ってくるジジイだった。

アンジェリカもセシリアと同じ公爵令嬢だというのに、結婚するにはふさわしくないとまで言われたのだ。

そのレヴィンズ侯爵が社交界に戻ってくるのかと思うと、それだけでイライラしてしまって、とてもではないが踊っている気分ではなくなってしまった。

人気のない廊下を進んでいると、その先によく知った人物が立っているのが見えた。

「お母様」

そこにいたのは、アンジェリカの母であるデボラだった。

デボラは美しい女だ。娘のアンジェリカすらそう思う。

子どもを産んだとは思えないすらりとした体形で、ブルネットの髪はまっすぐ癖がない。その赤い瞳は神秘的で、さすが正妻を追い出して公爵家の後妻に収まっただけはある。

しかしその一方で、デボラは目立つ場所が嫌いでパーティーなども出席を嫌がった。

夫の公爵はデボラに惚れこんでおり、彼女に何かを強要することはない。結果として公爵家の夜会ではアンジェリカが女主人として立ち回ることになる。

といっても、注目されるのが大好きなアンジェリカにとっては、むしろ好都合ではあるのだが。

「アンジェリカ、どうしたのですか?」

この母も、アンジェリカには大層甘い。

「聞いて、お母様。パーティーに欠席なさる方が多い理由を聞いたら、レヴィンズ侯爵が遠征するからだっていうのよ。戦争をしているわけでもないのに、遠征なんて必要かしら?」

頬を膨らませる娘を見下ろして、デボラは形のいい眉を下げた。

「あら、そうなの?　どうして侯爵はそんなことなさるのかしら」

「わからないわ。でも迷惑な話よ。せっかくのパーティーが台無しだわ!」

憤る娘に、デボラは何気ない口調で続けた。

「もしかして、その軍隊を使って王都を襲う気ではないかしら」

「え⁉」

これにはさすがに、アンジェリカも驚いた。

自国の軍が王都を襲うなんて、考えもしなかった事態だ。

「最近は陛下に不満を持っている貴族も増えていると聞くし、いやだわ。どうしましょう」

「そ、それはさすがにないんじゃないかしら……？　ライオネル様も、レヴィンズ侯爵は国に絶対の忠誠を誓っていると言っていたわ」

アンジェリカが母の空想を慌てて否定する。

いくら勉強の苦手なアンジェリカでも、母の考えが正しければ戦争になってしまうと理解するぐらいの頭はあった。

「あら、忠誠なんて確かめようがないじゃない。それに、人の気持ちは変わるものよ。ずっと同じなんてあり得ないわ」

「そ、そうかしら……？」

自らの母に言われると、そうかもしれないという気持ちになってくる。

アンジェリカはどんどん不安になってきた。もし母の言葉が現実になれば、今の楽しい生活も終わりになってしまうからだ。

「も、もしそうだったらどうすればいいの？」

あまりのことに震えだすアンジェリカを、デボラは抱きしめる。

「ああ、かわいそうなアンジェリカ。そうだわ、この話をアンジェリカの考えということにして、ライオネル殿下にお話しするのはどうかしら？」

「ライオネル様に？」

「そうよ。殿下はアンジェリカを愛していらっしゃるから、きっといいようにしてくださるわ。それに、アンジェリカもこの国のことを憂いているのだと、伝わるはずよ」

母の言葉に、アンジェリカはライオネルに進言する自分を想像してみた。

考えは足りないがそれがかわいいと、ライオネルはよく意地悪を口にする。

もしアンジェリカが国のことを考えているとわかれば、彼も自分を見直すかもしれないと思った。

「そ、そうよね！　早速殿下にお話ししてくるわ」

ライオネルならば、今も広間にいるはずだ。

アンジェリカが早速踵を返そうとすると、デボラは娘の手首を掴んで、言った。

「待ちなさい。本当に大変なお話だから、このお話は殿下と二人きりのときにするのよ。もし侯爵に知られて、アンジェリカに何かあったら大変だわ」

確かに、真実に気づいた賢い自分を、侯爵は邪魔だと思うかもしれない。

ただでさえ、元は犬猿の仲なのだ。

「わかったわ！　絶対に二人きりのときにお話しするわね」

「それがいいわ。アン」

母はこうして時折、アンジェリカの昔の名前を口にする。

その微笑みはまるで聖母のようで、アンジェリカは自分が愛されていると深く感じるのだった。

そしてデボラが手を離すと、アンジェリカは絨毯の上を走るように広間へ戻っていく。

デボラはそんな愛娘（まなむすめ）の背中を見つめながら、小さな声で独りごちた。

「本当に、かわいい子」

そして彼女はアンジェリカが向かったのとは逆の方向に、一人歩みを進めた。

「なんですって⁉」

思わず声を荒げた私を、誰も責められないと思う。

かつて父の愛人が暮らした家で吉報を待つ私にもたらされたのは、同盟者であるレヴィンズ侯爵が捕縛（ほばく）されたとの知らせだった。

その事実を私たちに報告するクレイグにとっても、侯爵捕縛は予想外の出来事だったようだ。

商人らしくいつも落ち着いた態度を崩さない彼が、落ち着かない様子で汗を拭っている。

「どうして、そんな……」

「どうやら、侯爵が遠征に見せかけて王都を襲い、反逆を起こすつもりだと密告した者がいるようです。まだことを公にしたくないのか、あまり詳細なところはわかっていませんが」

魅了から守るために兵士たちを王都から出そうとして、それを逆手（さかて）に取られた格好だ。

そうならないように慎重に事を進めていたというのに、一体誰が王に余計なことを吹き込んだのだろう。

「それで、侯爵は今どうしている？」

アルバートが、クレイグに先を促す。

しかしこの知らせは、彼にとっても驚きであったに違いなかった。

それもそのはずで、レヴィンズ侯爵のパーシヴァル国王からの信頼は絶対的なものと言ってよかった。

息子であるライオネルの剣術指南を、彼に一任していたことからもその信頼の深さが窺えるだろう。

なにせパーシヴァルには『剣のレヴィンズと智のリンデンあれば国に憂いなし』の格言さえあるほどだ。

ちなみにリンデンとは、現パーシヴァル宰相のリンデン伯爵のことである。

「は、レヴィンズ侯は現在、城の地下牢に収監されている模様です」

「馬鹿な……」

城の地下牢は、凶悪犯の取り調べを行うための牢である。

一度獄に繋がれれば二度と日の目を見ることはないと言われ、地下牢に収監されたという言葉は極刑に処されたと同義であった。

「そんなはずないわ。彼は長年に渡って将軍職を勤めてきた国の重鎮よ。何か罪を犯したとしても、まずは裁判にかけられるはずだわ。いくらなんでもそんな乱暴な……」

私は貴族が犯罪をした際にかけられる貴族裁判の判例を、頭の中から掘り起こした。

歴史をたどれば貴族の力が強い時期と弱い時期によって差はあれど、そのどれもが一般市民の量刑に比べて遥かに軽いのが通常である。

それが裁判の結果も待たずに収監となると、レヴィンズ侯爵が大逆に匹敵するような大罪でも犯さない限り、地下牢への収監など行われるはずが――。

そこまで考えて、私の思考は停止した。

私と同じことを考えているのか、アルバートの顔にも理解と失望の色が広がる。

「パーシヴァル王はこの国を滅ぼすおつもりなのか……」

よほどショックだったのか、アルバートは顔を手で覆った。

つまり王は、レヴィンズ侯爵が謀反を企んでいると断じたのだろう。なにをどう判断したのかは知らないが。

しかし、レヴィンズ侯爵とパーシヴァル国王の反目は、近隣諸国にとっては好機と言えた。

そもそもパーシヴァルが隣国テオフィルスとの友好を確立し、なおかつ四方を他国に囲まれながら平和を謳歌していられたのは、すべてレヴィンズ侯爵の功績によるものなのである。

彼が若くして将軍職についた頃、この国はまだ各国からの侵略に晒されていた。

それを、彼が天才的な用兵で完全に押さえつけ、自ら他国に攻め込ませぬ抑止力となったのである。

その影響力は時に国王をも凌駕すると言われていたが、どんな場でもレヴィンズ侯爵が王を尊重し、絶対的な忠誠を示し続けることでこの国はバランスを保っていたのだ。

そのバランスが今、崩れた。

アルバートの言葉は、決して大げさなものではない。

この報せが各国に入れば、好機とばかりにパーシヴァルを侵略しようという国が現れるだろう。

アルバートが憂いていた事態が、現実のものになろうとしていた。

パーシヴァルが他国に攻め込まれれば、それが火種となって各地の戦乱を誘発するだろう。戦乱の時代がやってくる。

治安の悪化ぐらいでは済まされない、狂乱の時代が。

「まだです」

私は思わず、そう口にしていた。

「まだ——侯爵が生きているのであれば、どうとでもなります！」

ヒパティカが帰ってきていないところから考えても、レヴィンズ侯爵が地下牢に入れられてからまだそれほど時間は経っていないはずである。

パーシヴァル王も、地下牢に連行させたということは侯爵をしばらく生かしておくつもりなのだろう。

侯爵にとっては辛い時間かもしれないが、彼にはできるだけ長く生き延びてもらうより他ない。

そして気まぐれな王の気が変わる前に、侯爵を牢屋から出すのだ。

「そ、そうだな。手をこまねいてはいられない。急いで対応策を練ろう」

「はい。まずは情報を攪乱(かくらん)するために、噂を流しましょう。話題性があって、ある程度真実味のある噂がいいわ。ライオネルとアンジェリカの結婚とか、レオンの廃嫡だとか。クレイグ、できるかしら？」

「わかりました。商業ギルドを通じて、各方面に攪乱のための噂を流しましょう」

「待ってくれ」

対策を検討していた私たちに、待ったをかけたのはアルバートだった。

「ごめんなさい。クレイグはあなたの部下だったわね」

アルバートを通り越して命令をしたのがまずかったのかと、慌てて謝罪する。

しかし、すぐさま彼は首を振って否定した。

「違う。そんな噂を流して、君は本当にいいのか⁉」

アルバートの言葉の意味がわからず、私は首を傾げた。

「レオンのこと？　だったらあの子の自業自得(じごうじとく)だわ」

「違う！　ライオネルのことだ。アンジェリカを無事倒すことができたら、君はあいつと……」

そこまで言われて、私はようやくアルバートが言わんとしていることを悟った。そして呆れの眼差しを彼に向ける。

「この大事の前に、そんなことどうでもいいわ。というか、公爵家に戻るつもりもライオネルとよりを戻すつもりもありません。それ以前に、私のようないわくつきの女が王家に嫁げるはずがない でしょう」

「そんなことは……！」

私の皮肉を、すぐさまアルバートが否定する。

だが、今はそんな話をしている場合ではない。

おそらく、現在侯爵家は国王の監視下にある。

であれば私たちがすべきなのは、より詳細な情報収集と、既にヒパティカが魅了を解いた人々を集めてアンジェリカと接触させないようにすることだ。

できればバーナードと秘密裏に接触して、より詳細な情報の把握と連携を行いたいところだ。

「とにかく今は、バーナードと接触する方法を考えましょう。うまくいったときの話はあとです」

こんな話をしていて、手遅れになったら目も当てられない。

それもそうだと思ったのか、アルバートはそれ以上この話題を続けようとはしなかった。

クレイグが私の指示を実行するため、あわただしく部屋を出ていく。

どうしようか考えていると、不意に部屋をノックする音が聞こえた。

クレイグが戻ってきたのかと思い、中に入るよう促す。

しかし予想に反して、開いたのは廊下へとつながる扉ではなかった。

驚いたことに窓に取り付けられた鎧戸が開いて、その向こうから人が現れたのである。

私たちがいたのは三階の部屋で、当然その部屋につながる窓から入るなんて芸当は、普通の人間にできることではない。

「ヒパティカ！」

普段なら彼の不作法を叱ったところだが、侯爵家に滞在していた彼を心配していたので、彼の顔を見ると嬉しさが溢れた。

一目見て、彼に力が満ち溢れているとわかった。

両手を広げて彼を迎え入れると、ヒパティカは喜んで抱き着いてきた。

「セシリア、なんだかいっぱい男の人がきて、侯爵を連れて行っちゃったんだ」

レヴィンズ侯爵家での出来事は、ヒパティカの目にはそのように映ったようだ。

「ヒパティカ、バーナードはどこへ行ったの？　彼も連れて行かれたの？」

すぐにバーナードの名前を出した私に、ヒパティカは不満そうな顔をする。

彼の無事だけを喜べないのは申し訳ないが、こちらも必死だ。

「あのう」

そのとき、ヒパティカの後に続いて窓から別の来訪者の姿があった。

どうやら先ほどからずっとそこで待機していたらしい。

その顔色は真っ青で、あまりにも普段の彼と違い過ぎて一瞬誰だかわからなかったほどだ。

「あなた……バーナード⁉」

そこにいたのは、顔をひきつらせたバーナード・レヴィンズだった。

＊＊＊

「いやあ、ただ者じゃないと思ったが、まさか人間じゃないとはね」

窓からやってきたバーナードが要求したのは、温かい毛布と熱々の紅茶だった。

本来は少し冷ましたお湯で淹れるものだが身体の冷え切ったバーナードには味などどうでもよかったらしい。

彼を乗せたヒパティカが人間に目撃されないようかなり高い場所を飛んだせいで、バーナードの髪は凍りかけていた。そのうえかなり飛ばしたようだから、バーナードは何度も振り落とされそうになったらしい。

「その、驚いたでしょう……」

さすがにこれには、同情を禁じ得ない。

私も以前ヒパティカに吊り上げられた馬車で空を飛んだことがあるが、それでもかなり怖い思いをしたのだ。

バーナードは気を失わなかっただけ、むしろ豪胆というべきなのかもしれない。

「それで、一体何があったの？」

いまだ震えが止まらない彼には悪いが、私たちには少しでも多くの情報が必要だった。

バーナードはまだ青白い唇を引き締めると、侯爵家で何があったのかを語り始めた。

「明け方近く、突然近衛（このえ）の野郎どもが乗り込んできたんだ」

バーナードが言っているのは、近衛騎士団のことだろう。

こちらはレヴィンズ侯爵が指揮している騎士団と違い、国王直属の組織である。式典への出席や王室警備が主な任務であり、規模や練度では騎士団に劣るが、それでも突然襲われては無敗の将軍もひとたまりもなかっただろう。

「俺はもちろん応戦しようとしたんだが、親父に抵抗するなと言われてな。そのとき目の前でこいつが化け物に変身したんで、俺も連れてってくれと頼んだんだ」

驚いたことに、突然の襲撃にもかかわらず、レヴィンズ侯爵は相手が近衛騎士だとわかったようだ。

わかったからこそ、国王と敵対しないために抵抗しなかったのだろう。

私は改めて、レヴィンズ侯爵の忠誠心に感嘆した。

普通なら、たとえ相手が近衛とわかっても抵抗したり逃げようとしたりするだろうに。

バーナードだってどれほど剣がうまかろうが、抵抗そのものを禁じられていてはどうすることもできなかったに違いない。

「すぐに親父を助けに行かないと」

どうやらバーナードは、侯爵が地下牢に入れられたことを知らないらしい。

「バーナード、それなんだが――」

アルバートが先ほどクレイグから聞いた話を繰り返すと、バーナードは言葉を失った。

「なんだと⁉　あの忠誠心の塊みたいな親父を、陛下は突然捕まえたどころか、地下牢に繋いだっていうのか！」

彼がショックを受けるのも無理はない。

私たちですら驚いたのだ。

レヴィンズ侯爵の忠義心は他国に聞こえるほど有名であり、その彼が軍部を完璧に掌握することでパーシヴァルは平和を保っていた。

そのレヴィンズ侯爵を牢に入れたのだ。

「まずいぞ……。それが軍の連中に知れたら、あいつら何をしでかすか。親父は国に忠誠を誓っていたが、軍の中には国というより親父だからこそ従うというやつも多いんだ」

実際に軍部に所属し、なおかつ剣士として名の知られたバーナードの言葉である。その真偽(しんぎ)を疑うべくもない。

あるいは軍全体にアンジェリカの魅了が効いていればまだ違ったかもしれないが、彼らの魅了はヒパティカの頑張りでほとんど解除されてしまった。

「ええい、暴走されるよりましだ。今から俺が軍の駐屯地に行って、軍の蜂起をおさえてくる」

「そうしてくれ。俺は今から登城して、外交ルートからレヴィンズ侯爵を釈放するよう働きかけてみる。どれほど有効かはわからないが……」

バーナードもアルバートも、それぞれに苦渋の表情を作る。

己のすべきことがどれほど困難であるか、推し量っているのだろう。

問題は、この出来事にどれだけアンジェリカの魅了の力が関わっているのか、である。

国王に道理を説いてそれで済めばいいが、それならば最初からレヴィンズ侯爵は囚われたりしていないだろう。

私はヒパティカに視線を向けると、覚悟を決めた。

レヴィンズ侯爵が捕まったからには、もう隠れて時期を窺う意味などない。

「バーナード、どれほど助けになるかはわからないけれど、ジリアンという男を連れて行って。きっと役に立ってくれるはずよ」

私の言葉に、アルバートもバーナードも一瞬不思議そうな顔をしたが、提案はすぐに受け入れられた。

ジリアンならば魅了には対抗できずとも、魔女による不測の事態には対処してくれるはずだ。

そして私は、アルバートをまっすぐに見つめて言った。

「アルバート。私も城に行くわ」

「セシリア……」

「悠長に構えている暇はないわ。対応を間違えたら今よりもっとひどいことになるもの。それに――」

退屈そうにしているヒパティカに視線を向けると、はじけるような笑顔を浮かべてこちらに駆け寄ってきた。

私は子どものように無邪気な様子のヒパティカの肩を撫でる。

「不幸中の幸いというべきか、どうやら侯爵家で魅了された方々を治したことで、かなりヒパティカの魔力が強まったようなの。これなら、アンジェリカに対抗できるかもしれません」

ヒパティカが魔力を吸った分だけ、あちらは弱体化しているはずだ。

あとはレイリがあの歌をどれほど広められたかにもよるが、残念ながらレイリを探して確認する暇はなさそうである。

＊＊＊

私はあえて、動きづらいパーティー用のドレスに着替えた。

テオフィルスでアルバートと再会したときに用立ててもらった、青紫色のドレスである。

私は知らなかったのだが、クレイグがこのドレスをパーシヴァルまで持ってきていたのだ。

城に行くならば、このドレスに着替えてほしいと言ってきたのはアルバートである。私は驚いたが、アルバートの連れとして城に行くのであれば服装を整えるのは当然である。

それに、みすぼらしい格好ではきっと気持ちで負けてしまう。

たとえ平民になろうとも、やはり私の戦闘服は動きづらいドレスなのだ。着ただけで背筋が伸び、気持ちを強く持てる。

着替えをエリーに手伝ってもらい、支度を整えた。

化粧をして部屋を出ると、エントランスで待っていたバーナードが口笛を吹いた。

「思い出すな。女王完全復活か」

パーシヴァルに女王はいないのに、この遊び人は妙なことを言う。

自らも私を国から追い出すために一役買ったというのに、ちっとも悪びれないあたり食えない相手だ。

「まだ出発してなかったの？　この国の騎士は随分と悠長なのね！」

さっき話していた様子だと一刻も早く駐屯地に向かうような口ぶりだったというのに。

するとバーナードは、少しむっとしたように言い返してきた。

「勿論伝令は走らせてあるさ。迂闊な行動はとらないようにってな。大体俺は、お前に言われてジリアンってやつを待ってたんだぜ？　責められる謂れはないはずだ」

どうやら、バーナードはジリアンの支度を待っていたらしい。

これでも一応急いだつもりだが、それにしてもドレスを着て化粧までした私より遅いなんてジリアンは一体どうしたのだろうか。

ならばあとから向かわせるから先に出てくれと言おうとしたところで、エントランスに見覚えのある筋肉質な男が入ってきた。

「さあ、参りましょうか」

私もバーナードも、思わず無言になった。

ジリアンは顔にばっちりメイクをして、南国の鳥のごときド派手な衣装を身にまとっていたのだ。

「おい……俺にこいつを連れて行けって言うのか？」

ものすごく引きつった顔で、バーナードが言った。

これぱかりは、私も彼に申し訳ない気持ちになった。

「有能なのは本当よ」

それ以外に、一体どう言えばよかったというのか。

「お待たせしました。今すぐ参りましょう。そうすぐに！」

一方でジリアンは目を爛々(らんらん)と輝かせ、今にも玄関から飛び出してしまいかねない勢いだ。

「ちょっと、その格好はどういうことなの？」

思わず詰め寄って小声で問うと、ジリアンは興奮を隠しきれないような様子で返事をした。

「どういうこともなにもないわよ！　一般人はそうそう入れない軍の駐屯地にお邪魔するのよ!?

めいっぱいおしゃれしなくちゃ！」

小声とはいえあまりにも勢いよく宣言するものだから、私はバーナードに聞かれてしまったのではないかと焦った。

別に聞かれてまずいわけではないが、警戒されてやはり連れて行けないなどと言われては困る。

「熱意はわかったから、あまりやり過ぎないようにしてよね。あなたの主人であるアルバートの名誉に関わるんだから」

アルバートの名前を出すと、ジリアンの顔はすぐさま引き締まった。

引き締まったところで分厚い化粧をしているので、胡散臭いことに変わりはないのだが。

今更化粧を落として着替えてもらう時間もないので、もはやさっさと追い出すより他手はない。

「わかってるわよ。こっちは私に任せなさいな。あんたはあんたで、気張りなさいよ。はいこれ」

そう言って、ジリアンは乱暴な手つきで小さな瓶のようなものを押し付けてきた。よくよく見ると、どうやら気付け薬入れのようだ。

「これは？」

「私の魔法の粉が入っているわ。きっと役立つはずよ」

私は思わず、ジリアンの巨躯（きょく）を見上げた。

初めはいけ好かない人物だと思っていたが、私のことを考えて用意してくれたのだと思うと、思わず目頭（めがしら）が熱くなった。

「ちょっ、ちょっと、勘違いしないでよね。別にあんたのためなんかじゃなくて、これを使ってアルバート様を守れってことなんだからっ」

私が黙り込んで焦ったのか、ジリアンが動揺を誤魔化(ごまか)すように言う。

「うん、わかってるわ。ありがとう」

もうこの国には味方なんて一人もいないような気がしていたけれど、少なくともこの風変わりな魔女だけは、私を応援してくれるようだ。

それが心強くて、私は何があってもアルバートと無事に帰ってこようと心に誓った。

「何かあったのか?」

ジリアンとバーナードが駐屯地に向けて出発したのと入れ替わりで、クレイグと打ち合わせをしていたらしいアルバートがエントランスに姿を現した。

彼が例のジリアンの姿を見られなかったのは、果たしてよかったのか悪かったのか、判断が分かれるところだ。

「いいえ、なんでもないわ」

そう答えると、私はアルバートと共に城へ向かう馬車に乗り込んだのだった。

＊＊＊

外に出ると公爵家から借り受けた馬車の紋章が剥がされ、テオフィルス王家の紋章に貼り替えられていた。

公爵家の紋章でも問題なく城に入れるだろうが、やはり王家の紋章と公爵家の紋章では格が違う。この紋章を付けた馬車は国賓扱いとなり、誰が同乗していたとしても検査なしで城の正門から入ることができるのだ。

公爵家の旅行用の馬車なので造りは少々質素だが、この紋章さえあれば馬車に乗った客人は立派な国賓ということになるのである。

正門の衛兵は訝しむかもしれないが、実際にアルバートが乗っているのでこの紋章を使っても何の問題もないというわけだ。

一応アルバートは見た目で侮られることがないよう、金のモールが付いたフロックコートにはダメ押しで、パーシヴァル国王から以前贈られた勲章を付けていた、
贈呈の理由は多分、アルバートが留学してきたことで二国間の友好に寄与したとかそんな内容だったと記憶している。

まだアンジェリカが現れる前の、陛下もアルバートも正気を保っていた頃の代物だ。

「その勲章、懐かしいわね」

そんな場合ではないのに、ついそんな言葉が口をついた。

「ああ、そうだな。この勲章をもらったときのことが、もう遠い昔のことのようだ」

年数にすればまだ三年と少しぐらいだが、色々なことがあり過ぎて遠い昔の出来事のような気がした。

彼が勲章を受け取った日、私は友人の晴れの日を誇らしい気持ちで見つめていた。

あのとき、隣にはライオネルがいて、私はまだ彼の婚約者だった。

いよいよ彼と対峙するのかと思うと、婚約を破棄された日のことを思い出してひどく心もとない気持ちになる。

ずっと忘れようとしてきたが、やはりあの日のことは私の中で深い悲しみと共に深く刻みつけられているらしい。

「そうね。昔よね」

その遠い日々の中で、婚約破棄の事だけが今もありありと思い出せるのは何故だろう。

「大丈夫か？」

どんな顔をしていたのだろう。

アルバートに声をかけられ、私は現実に引き戻された。

「え？」

「いや、君がパーシヴァルの城に行くのは、ライオネルとのその……婚約を破棄したとき以来だろう？」

「そんなこと、よく覚えていたわね」

思わず皮肉な口調になってしまったのは、仕方のないことだと思う。

アルバートは魅了にかかっていた頃の記憶が曖昧なようで、彼からその頃の具体的な話を切り出されるということはあまりなかったからだ。

たとえ話題に出したところで、場の空気が険悪になるだけだ。だから記憶が戻っても、黙っていたのかもしれないが。

アルバートは複雑そうな顔で、こちらを見ていた。

彼は一体、どんな言葉を望んでいるのだろう。もう気にしていないと言えば、己の中の罪悪感が薄まるのだろうか。

「別に平気ではないけれど」

少しの意地悪のつもりで、そんな言葉を投げた。

アルバートはいたたまれないとでもいうような顔で、身体を固くしていた。

私は急に馬鹿馬鹿しくなって、彼の懸念を否定する。

「正直なところ、もうどうでもいいわ。あの頃に戻りたいとも思わないし、今はこの国の人々にかけられた魅了を解きたいという思いだけ。あなただって、言ったでしょう。己の過ちを償いたいって。この短期間の間に、取り潰しになった家もいくつかある。すべてを元に戻すことは難しいけれど、今は原因であるアンジェリカを除くことだけを考えましょう。それ以外のことは、後でいいわ」

全てが上手くいって何もやることがなくなったら、そのときにでも考えればいいのだ。

今はまだやるべきことが山積みなのだから、余計な雑念に心奪われている場合ではない。

「わかった。そうだな」

そう言って彼が表情を引き締めると、私たちは城についた後どうすべきかの詳細な打ち合わせを始めたのだった。

＊＊＊

久しぶりに見る王城の正門は、やはり巨大でパーシヴァル王の権力を思わせた。

正門の前に立っていた衛兵たちは、私たちの馬車を見ると驚いたようだが、テオフィルス王家の紋章といかにも王子様然としたアルバートを目にし、門を開いてくれた。

アルバートは留学のため長期でこの国に滞在していたので、衛兵の中にもアルバートの顔を知っている者がいたのが大きかった。

王宮の中は静まり返っていたが、やけに見回りの兵士が多くピリピリとしていた。

時折見覚えのある貴族が、廊下の隅で不安そうに立ち話をしている。

おそらくはレヴィンズ侯爵が投獄されたことを知り、自分もまきこまれてはたまらぬと慌てて情報収集に繰り出したのだろう。

でなければ、太陽が昇っている間にこれほどの貴族が城内にいるはずがない。

社交界の舞台はいつの時も夜なのだから。

貴族たちは私たちに気づくと、まるで亡霊を見たかのように恐怖で顔を引きつらせた。

それはそうだろう。

テオフィルスに連れ戻されたアルバートだけならまだしも、私などはほとんど死んだと思われていたに違いないのだから。

彼らに呼び止められる前に、私たちはそれと悟られないよう優雅にしかし速足で足を進めた。そのあとを、遅れないように慌てながらヒパティカがついてくる。

長年ライオネルの婚約者として城に出入りしてきたので、ここはもう勝手知ったる我が家のようなものだ。

打ち合わせ通り、私たちが最初に向かったのはお茶会などが行われる中庭のテラスだった。

併設されたサンルームはアンジェリカのお気に入りで、彼女はそこでライオネルと共に過ごすことを好んだからだ。

そしてたどり着いた中庭には、思った通りアンジェリカがいた。

アンジェリカだけではない。彼女の隣には王太子のライオネルがいて、その近くには宰相の息子であるクリストフがつまらなそうな顔で立っていた。

茶会とは普通夜会に出席できない子どもや女性の出席者がほとんどだが、なぜか今日は若い男性も多く出席している。

どうせほとんどがアンジェリカ目的だろう。

その証拠に、少しでも隙があればアンジェリカに話しかけようと、男たちはお互いに牽制し合っていた。

子どもの姿はなく、通常は紅茶や焼き菓子が用意されるはずのテーブルにはワインまで並べられている。

どうやら彼らは、昼間から光のさす中庭で酒宴と洒落こんでいたらしい。

軍部の蜂起か、あるいは他国が攻め入ってくるかもしれないというこの情勢で、昼間から享楽にふけっているなんて随分と優雅なことだ。

「あら、これは随分とお久しぶりのお客様ね」

最初に私たちの存在に気づいたのは、アンジェリカだった。

彼女の言葉につられて、お茶会の出席者たちがこちらを見る。

一瞬、中庭の空気が凍ったのがわかった。

笑いあっていた出席者たちが突然冷たい目をして、まるで人形のような無表情でこちらを見る。

これならまだ、城内にいた貴族たちの方が人間味があった。ここにいる彼らはきっと、アンジェリカの魅了が強く作用している人たちなのだろう。

「アンジェリカ……」

アルバートが妹の名前を呼ぶと、不思議と胸がずきりと痛んだ。

もう彼は魅了から解放されたと知っているのに、その声にはまだ未練が残っている気がして。

アルバートに未練があったからと言って、私には何の関係もないはずなのに。

そんなことを考えているうちに、アンジェリカを庇うようにライオネルが前に出てきた。

「セシリア。貴様何しに来た。もう二度とこの国の土は踏まないと誓ったはずだな?」

眼光鋭く、ライオネルが私をにらみつける。

しかしそんなもの、もう何も怖くはない。彼に敵視されて傷つくような弱いセシリアは、もうどこにもいない。

「お言葉ですが、わたくしが国を出たのは父の意向ですわ。あなた方は私を追い出したつもりでしょうけれど、それは法的な効力の一切ない命令です。ライオネル殿下。たとえあなたの命令だったとしても」

私が国を追われたのは、母の不義の子であるという疑いがかけられたせいだ。

私は自らの行いに何一つ恥じるところはないし、今も何か自分の行いが間違っていたとは思わない。

「なんだと?」

ライオネルは機嫌を損ねたのか、低い声で言った。

その様子に、思わず笑いがこみ上げる。

「ですが、もしあなたがどうしてもわたくしを追放したとおっしゃるのなら、それでもいいですわ。ですが、だとすればわたくしはもうパーシヴァルの国民でないということになる。パーシヴァルの法に従う必要も、あなたの命令を聞く必要もないということですわ。ああ、なんて素敵なんでしょう」

自分でも驚くほど、すらすらと言葉が出てきた。

この人に言いたいことが、私には山ほどあった。どうしてアンジェリカを選んだのか。なぜ私につらく当たるのか。

魔法という不可視の力が原因とわかった今でも、やはり捨てきれない不満を感じている。

ライオネルが舌打ちをした。

そんなライオネルの隣で、アンジェリカは不安そうな顔をしている。

実際には不安なんてちっとも感じていないくせに、あの女はああして男に庇護欲を抱かせるのが大得意なのだ。

そんなことを考えていたら、今度は私を庇うようにアルバートが前に出た。

一瞬だけ、それを見たアンジェリカが目じりを吊り上げているのが見えた。

「アルバート様。どうしてセシリアをお庇いになるの？」

「そうだアルバート。久しぶりに帰ってきたと思ったら、どうしてそんな女を連れてきたんだ」

アンジェリカは心底アルバートを心配した風に、そしてライオネルは、不機嫌そうに吐き捨てる。

今の私の仕事は、少しでもこの会話を長引かせることだ。

そしてアルバートの目的も一緒である。

私たちがこの益体もない会話をつづけている間に、ヒパティカは彼にしかできない仕事をしてくれているはずである。

「お前たちは、恥ずかしいと思わないのか？　国民を苦しめて享楽にふけり、悪女によっていいように使われることに」

押し殺した声音で、アルバートは言った。

同じ王太子だったからこそ、ライオネルにかつての自分を見ているのかもしれない。

「何を言っているんだ？　悪女に使われているのはお前の方だろう。それとも、アンジェリカが悪女だとでもいうつもりか？」

「だとしたらどうする？　私も国から追い出すか？　ここにいるお前たちも聞け。今この国は、存亡の危機に瀕している。しかし危機を目前にしてお前たちは、こうして享楽にふけっている。私は──我が国からこの王都に至るまでの間、パーシヴァルが蝕まれていく様をつぶさに見てきた。人々は重税にあえぎ、土地を手放し、盗賊に身を落としていた。商人たちはパーシヴァルを避け、そのせいで品物が入ってこず城下の物価は上がる一方だ。その上、篤い忠誠で知られるレヴィンズ侯爵を獄に繋ぐなど、常軌を逸している！」

アルバートが語気も荒くライオネルを非難すると、レヴィンズ侯爵が収監されたことを知らない一般の貴族たちに動揺が走った。

どうやら彼らにも、一片の理性は残っていたらしい。

だが、肝心のライオネルはそんなことかとばかりに鼻を鳴らした。

「そんなことを言いにわざわざやってきたのか？　国民が盗賊に身を落としているというのならそれはその者たちが堕落したせいだ。物価が上がっているのは不作のせい。レヴィンズが捕縛されたのは耄碌（もうろく）して忠義を捨てたからだ。アルバート、お前だから赦すが、他の者がこんなことを言えばすぐさま近衛兵を呼ぶところだ。度を越した侮辱も、今は友の戯言（ざれごと）と見逃そう。だが、次はない。これ以上うかつなことを言えば己の国のためにならんぞ」

ライオネルは絶対の自信をもって言い切った。

貴族たちに走っていた動揺が一瞬にして収まる。

もともと彼は、勉強が嫌いでマナーの類もあまり好まなかったが、その明晰（めいせき）な頭脳と豪胆さによって父王にも認められた優秀な王太子だった。

私は幼い頃から彼の無茶苦茶に見えてその実、確かな見識に裏打ちされた言動をつぶさに見てきた。

教科書通りにしかできない私とはまったく考え方は違うが、それでも彼が王となり名君として国を治めると信じて疑いもしなかった。

今はもう、あまりにも遠い過去の出来事だけれど。

「アルバート。落ち着いて酒でも飲もう。今年のワインは出来がいい」

手ずからグラスにワインを注ぎ、ライオネルはそれを差し出した。

まるで農民たちの血を絞ったかのように、赤いワインだ。

アルバートは手を伸ばすと、差し出されたグラスを叩き落とした。

「アルバート！」

アンジェリカが悲鳴を上げる。

「それが答えか？」

低いライオネルの問いに、サンルームには緊張が走った。

——だが。

「やめて！　私のために争わないで！」

なぜかそこに、アンジェリカが駆け込んでくる。

彼女は何を思ったのか、ライオネルとアルバートの間に入りそう叫んだ。

成り行きを見守っていたはずの私ですら、意味がわからず茫然としてしまったのは無理からぬことだと思う。

「かわいそうなアルバート。私の気を引きたくて、セシリアなんて連れてきたんでしょう？」

突然水を向けられ、私は戸惑った。

どんな暴言も覚悟はしていたが、まさかこの場面でアルバートがアンジェリカの気を引くための

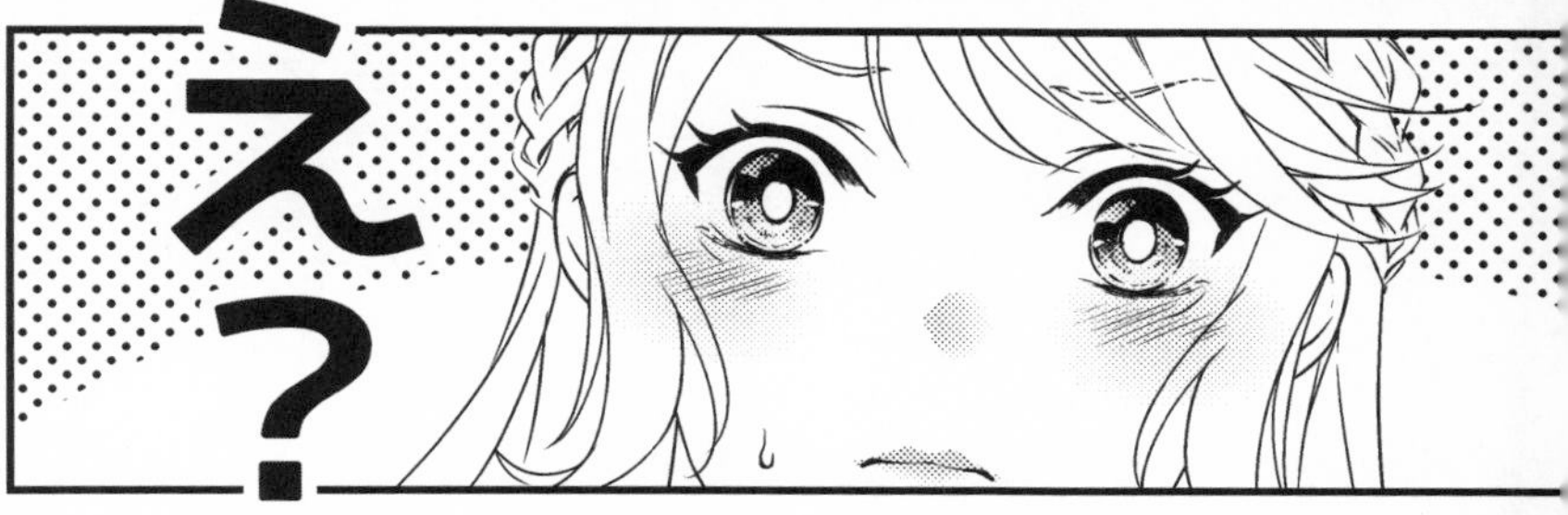
え？

小道具のように言われるとは思ってもみなかったのだ。

いや、百歩譲って私のことは置いておくとしても、別に二人はアンジェリカのために争ったりはしていなかったと思う。

この展開は予想していなかったのか、当事者であるアルバートは唖然としていた。

一方で話を中断された形のライオネルは、アンジェリカの後ろで仕方ないなとばかりにため息をついている。

「アンジェリカは優しいな……」

どこをどうすれば今のやり取りで、優しいなどという感想が出てくるのか。

魅了によって冷静な判断力が失われているとしか思えない。私は改めて魅了という魔法の恐ろしさを思い知らされた。

私は隣にいるアルバートの腕を強く握った。

彼が魅了にかけられ、こんな超理論に同意されてはたまらないと思ったからだ。

だが、彼は冷静だった。

まるで大丈夫だというように苦笑すると、アンジェリカを見つめて言った。

「アンジェリカ。今は真面目な話をしているんだ。悪いが入ってこないでくれないか？」

アルバートの返事に、アンジェリカの表情が硬直したのがわかった。

「な、なんですって⁉」

「クリストフ。彼女を連れて部屋を出てくれないか？　アンジェリカがいては話が進まない」

アルバートが所在なさげにしていたクリストフに声をかけると、アンジェリカの怒りは一層激しく燃え上がった。

「なんで⁉　なんでアルバートはそんなひどいことを言うの？　私の気が引きたいのならそんなこと言わなくても、ちゃんとアルバートの話を聞くよ？」

よくわからない超理論に、私は怒りを通り越して呆れしか感じられなかった。

更にひどいのは、そこかしこで「なんて優しいんだ……」とか「そんなところも素敵だ」とかいう、男たちの声が聞こえてくるところだ。

魅了という魔法の恐ろしさは、人間から思考能力を奪い全員バカにしてしまうところではないだろうかとすら思える。

実家を追い出されて辛酸をなめたが、それでも魔法の効かない体質でよかったと私は思った。

「アンジェリカ。そんな簡単に話を聞くなんて言ってはいけない。こんな無礼な男は放って、僕と行きましょう」

理由はさておき、クリストフはこの機会に乗じてアンジェリカをここから連れ去る気になったようだ。

正直なところ、ライオネルとアンジェリカは離しておきたいのでこれは助かる。

「でも……」

上目づかいで、アルバートの様子をうかがうアンジェリカ。

先ほどの言葉を取り消してほしいらしい。

これだけの男性を侍らせておいて、まだアルバートの関心が欲しいのか。彼女の貪欲さだけは尊敬に値する。

「アンジェリカもクリストフも、そんなやつらを相手にするな。自らの不明に気づかぬほどの愚物だったとは、俺はお前を見誤っていたようだ」

「ライオネル……」

「不快だ。もう俺の名を呼ぶことは赦さん」

アンジェリカをないがしろにされたからか、ライオネルが荒ぶっている。

「大体、貴様は話にアンジェリカは関係ないと言ったが、レヴィンズ侯爵が怪しいと俺に教えてくれたのは彼女だ。こんなに優しく美しく、その上賢いんだ、俺のアンジェリカは」

ライオネルの惚気は、聞くに堪えないものだった。

それは間違っても私がアンジェリカに嫉妬しているからではなく、聡明だと思っていた婚約者が愚かな姿を露呈しているのを見るのは耐え難いという意味だ。

そして同時に、私はレヴィンズ侯爵投獄の原因がアンジェリカにあったことを知る。

恐れていたがやはり、レヴィンズ侯爵の長年の国に対する献身は、そんな馬鹿らしい理由でもって灰燼に帰したらしい。

「そうよ。だってあの方あやしいもの。騎士団の皆さんもパーティーに来てくださらないし、遠征なんておかしいわ」

「まさか、そんなくだらない理由で進言したというの？　アンジェリカだけじゃない。ライオネルも、こんな子どもみたいな進言を真に受けて陛下に侯爵の投獄を勧めたというの⁉　冗談言わないで！　侯爵はあなたの剣の師であり、長年大陸の平和のために心を砕いてらっしゃった方よ。それをいとも簡単に……っ」

耐え切れず意見すると、まるで矢のようにするどいライオネルの視線が飛んできた。

「黙れ女。誰が直答を赦した？　平民の分際で身の程を弁えろ。おい、誰か――……」

近衛兵を呼ぼうとして、ライオネルは言葉を止めた。

サンルームの入口に立っていた衛兵が、いつの間にか倒れていたことに気づいたのだろう。

周りを見れば、周囲にいた貴族の青年たちにも確実に異変が起きていた。

倒れている者や、耐え切れず座り込んでいる者。そんな周囲の様子を、混乱しながら見ている者など様々だ。

「貴様、何をした……っ⁉」

今度は私に対してではなく、アルバートに向けてライオネルは言った。

そしてそんな彼自身も、まるで自らの不調に今気づいたかのようにふらつき、その場に膝をついた。

「みんな⁉」

もはや無事に立っているのは、私とアルバート、それにアンジェリカのみだ。

アンジェリカの最も近くにいたクリストフも、いつの間にか倒れ伏していた。まるで音もなく死神がその場に舞い降りたかのように。

「毒か？」

息も絶え絶えとなったライオネルの問いに答えるように、サンルームの入口から白い巨体が姿を現した。

「その逆よ」

「な……に……」

ライオネルの瞳が、驚きに見開かれる。

それはそうだろう。

私も最初にヒパティカのこの姿を見たときには、随分驚いたものだ。

ちなみにそのヒパティカはといえば、扉をくぐろうとして頭をぶつけたのかグリフォンの姿で呻(うめ)いている。

最近人間の姿でいることが多かったので、己の身体の大きさを把握できていないらしい。

彼には私たちがライオネルらの注意を引いている間に、この場にいる者たちから魅了の魔力を少しずつ吸い取ってほしいとお願いしてあった。

いくらヒパティカの魔力が強くなったといっても、この人数の魅了を一瞬で解除することはできない。

なのでせめても相手を無力化できるまではこの作戦に気づかれないよう、わざと相手をあおっていたのだ。

意識が薄れてきているのか、目が閉じそうになっているライオネルに近づき、私は言った。

「目が覚めたらきっと、すべてが少しはましになっているわ」

「なにを……」

どうにかそれだけ呟いて、ライオネルは目を閉じた。

今度こそという思いを込めて、私はアンジェリカの方に視線を向ける。

私の目には、レオンがそうであったように大量の黒い虫のようなものが、ヒパティカに吸い込まれていくのが見えていた。

しかし不思議なのは、諸悪の根源であるアンジェリカの周囲にそれらが一切見えないことだ。

その証拠に、ヒパティカがいくら悪しき魔法を吸いこもうとしても、彼女はちっとも苦痛を感じている様子がない。

ヒパティカの力は魔女には通じないのだろうかと、空恐ろしく見ていると。

「なに⁉　みんな一体どうしたというの！」

アンジェリカが悲鳴じみた声を上げ、ライオネルに駆け寄った。

そしてその近くに立っていた私を、ロイヤルブルーと呼ばれた青い瞳で睨みつける。

「あんた一体何をしたのよ！　クリストフに、ライオネル様まで……っ」

その憎しみの籠った眼差し。

だが、そこで私は何かがおかしいと気がついた。

ライオネルやクリストフらが気を失っているのなら、アンジェリカはもう自分が人間であると取り繕う必要はないはずだ。

ならば魔法を使って抵抗すればいいものを、彼女はそれをしない。

目に涙を浮かべて、ライオネルに寄り添い私たちを責め立てるばかり。

「はあ」

私は思わず、ため息をついた。深い深いため息だ。

「な、なによ！　ため息なんてついてないで、ライオネル様を元に戻してよ！」

「あなたも魔女なら、自分で起こしたらどう？」

試しにそう尋ねると、アンジェリカはいぶかしげな顔をして言った。

「一体何言ってるの？　ふざけてないで早くしてっ！」

彼女の甲高い叫びが、私の抱いていた小さな疑念を確信へと変えたのだった。

そもそも、妙だったのだ。

私が地下室の夢で見たのは、アンジェリカではなくデボラだった。

エリーの消えた同僚が怒らせたのも、女主人であるデボラの方だった。

ジリアンは、あの女というばかりで決してアンジェリカの名を呼ぼうとしなかった。

そういえば、レイリもそうだったかもしれない。

点と点をつないでいくと、その先にいたのは異母妹のアンジェリカではなかった。

なにより、アンジェリカの瞳は青だ。

私とヒパティカのように瞳の色が同じだとするなら、レイリの瞳の色は赤。デボラの瞳も、血のような赤色である。

「セシリア？」

考えにふけってしまった私を、アルバートが呼ぶ。

「どうする？　まだ気が済まないのなら……」

アルバートは、アンジェリカに仕返ししたいかと言っているのだろう。

私は意識を失ったライオネルに縋(すが)りつく娘を見た。茶色い髪の、青い瞳の娘。この女のせいでこの国の人が、そして私がどれほどひどい目にあったか。

けれど、もし魔法を使ったのが彼女ではなくデボラなのだとしたら、そちらを放っておくことはできない。

私はたっぷりの魔法を吸いつくし、満足そうな顔をしているヒパティカに声をかけた。

「今から飛べる？　行きたいところがあるの」

行先はもちろん、私の実家であるブラットリー公爵のタウンハウスだ。

「俺も一緒に――」

一緒に来ようとするアルバートを、私は止めた。

彼には他に、やってもらわねばならないことがある。

「あなたは、地下牢にとらわれているレヴィンズ侯爵を釈放してもらって。多分国王陛下も、正気に戻られているはずだから」

ヒパティカはライオネルだけでなく、この城にいた人々に巣食っていた魅了を全て遠慮なく吸い取ったようだ。

その証拠に、ヒパティカとつながった私の身体からは、今にも魔力がはじけてあふれ出そうになっている。

デボラという、稀代（きだい）の魔女に挑む恐怖はもうない。

あとは力を失った哀れな女を、料理するだけの憂鬱な時間の始まりだ。

＊＊＊

ヒパティカが翼をはためかせ、風を切って飛ぶ。

バーナードはヒパティカに乗って飛んだせいで死にかけていたので覚悟をしていたが、力が強くなったヒパティカは私に風が当たらないよう魔力で調整してくれたらしい。

なんてできる守護精霊だろうか。

デボラは己を食べるという守護精霊を恐れたらしいが、私はヒパティカにならば自分の亡骸を食べられても平気だ。

むしろ今生きてられるのは、ヒパティカのおかげだもの。

最初に見たときはなんだこの毛玉はと思ったけれど、今では心の底から彼に感謝している。

そんなことを考えていたら、すぐにブラットリー公爵のタウンハウス――つまり私の実家に到着した。

商人の格好をしていたときには、門前払いをされた場所でもある。

魔女に魅入られた父は、一体今頃どうしているのだろう。

もう愛想が尽きたと思っていたが、もしデボラに操られていたのであれば、話し合いの余地はあるかもしれない。

私は会うのも嫌だけれど、母はもしかしたら、また父と共に暮らすことを望むかもしれないから。

ヒパティカには再び人間の姿になってもらい、玄関の呼び鈴を鳴らす。

空を飛ぶと移動時間が短縮できるのはいいが、目撃されると騒ぎになるのが難点だ。

乱れてしまったドレスを直すと、以前と同じように執事の一人が顔を出した。執事は私が商人に変装していたときと違い、その顔に驚愕の色を浮かべた。

「お、お嬢様……」

この屋敷の人々は、まだ魅了の術が解かれていない。

どうせ解いたところで、すぐまた魔法によって操られてしまうだろうが。

先ほどの王宮でごり押しが効いたのは、デボラがいなかったことと城の敷地が広かったことが原因だろう。

一応相手に気づかれないよう気を使ったが、アンジェリカにも魔力があればどんな反撃をされたかわからない。

勿論そのリスクをわかった上で、城へと向かったのだが。

レヴィンズ侯爵を殺されでもしたら、いくら魔女を追い出してもこの国はおしまいだ。

「今度は中に入れてもらうわよ」

無理やり身体を押し込めるようにして、扉をくぐる。

クリノリンで膨らませたドレスは、重くて邪魔だが不用意に相手を近づけさせないという利点がある。

「こ、困ります」

執事は顔こそ困惑しているものの、無理に私を追い出そうとはしなかった。

今日はきちんとした身なりで訪ねてきたので、本当に追い出してもいいものかと判断に迷ったのだろう。

そんな執事を置いてきぼりにして、私は勝手知ったる我が家を進む。

人の姿のヒパティカと、そして困った顔の執事がそのあとをついてきた。

レオンが領地に帰っているからか、屋敷の中は記憶にあるよりも静まり返っている。心なしか、使用人の数も随分減ったようだ。

「メイドの姿が見えないわね」

独り言のように呟けば、執事の苦しい返事が返ってきた。

「メイドたちはその、お暇をいただいております……」

どうせ、デボラとアンジェリカの豪遊によって財産を食いつぶされたのだろう。領地の税率を無理に上げていたので、驚きというほどではない。

「あらそう。金のかかる女が二人も減ったというのにね」

思わず当てこするように言うと、執事は気まずそうな顔をして返事をしなかった。

そのままヒパティカと執事を連れ、父の仕事場である書斎に向かう。

デボラと相対しているときに足を引っ張られないためにも、魅了を解くなり拘束するなりはしておいた方がいい。

もっとも、私が来たという知らせを聞いて、デボラがあちらからやってくる可能性もあるが。

当たり前だが、父の書斎は記憶の通り二階の北側にあった。父はこの書斎に人が入るのを嫌った。子どもの頃に一度入ろうとして、大層叱られたことがある。

どうせ嫌がられるならノックをしてもしなくても同じだと思い、私はマナー違反を承知でノックもなしに扉を開けた。

後ろで執事が息を呑むのがわかった。

すぐに怒号が飛んでくるかもしれない。そう予想したけれど、そんなことはなかった。

特別に作らせた布張りの椅子に座り、父は眠っていた。

いや――眠っているように見えた。

やけに青白いその顔と、ガウンから覗く細い手首。血の気の引いた唇はまるで、空を飛んできたバーナードのそれみたいだった。

「旦那様⁉」

異変に気づいたのか、執事が私を追い越して父に近づく。

彼は父の脈をとり、そして何も言わずに、首を左右に振った。

勿論、ショックだった。

衝撃を受けなかったといえば嘘だ。少なくとも、こんな再会は予想していなかった。

父が正気に戻ったらアルバートにしたようにずっと皮肉を言い続けるのだと、無意識に未来を予想していた自分が馬鹿らしかった。

未来はいつも、確実ではない。

ライオネルと結婚するという予定調和の未来が簡単に崩れたように、私が思い描いた未来だって簡単に崩れる。

「ヒパティカ」

私は、何が起こっているのかわからず不思議そうな顔をしている青年の名を呼んだ。

「いくわよ」

「うん！」

そのまま、急いで部屋を出ようとして、執事に呼び止められた。

「お嬢様！」

狼狽した執事は、震える声で言った。

「ど、どちらへ……？」

どうしてそんなに冷静なのかと、責められている気がした。

冷静なわけはないのに。今にも冷たい怒りが体中を満たして、油断すれば溢れ出してしまいそうなのに。

「この屋敷に取り憑いた、悪魔を倒しに行くのよ」

言っても無駄だと思いながら、無意識に口が動いた。

悪魔は魔女とはまた別の存在で、より邪悪でより闇に近い存在だとおとぎ話では語られている。

そして部屋を出ようとする私の背に、執事は言った。

「お、奥様は……庭の礼拝堂にいらっしゃいます……」

それは、予想外の言葉だった。

執事はいつの間にか正気に戻っていたのか、それとも魅了に冒されながらもデボラが普通ではないと感じていたのか。

「そう」

今度こそ私は、部屋を出た。

歩きながらクリノリンを外して、邪魔なスカートの裾は破いて結んだ。家庭教師が見たら、あまりのことに卒倒するだろう。

だが、誰が見ていようが構うものか。

守るべき矜持は、既にずたずたに踏みにじられた。

これはそう、矜持を取り戻すための戦いだ。

あの女だけは、絶対に許さない。アンジェリカの陰に隠れて、人間を思い通りに操り戯れに私の家族を破壊した。

あの女だけは――どうしても。

＊＊＊

タウンハウスの敷地内には、小さな礼拝堂があった。

例のデボラが使っていた地下室同様、この礼拝堂は旧時代の遺跡であった。

珍しく地上に露出していたものを、礼拝堂として使えるよう改造し、その隣に公爵家の屋敷を建造したのだ。

つまり、歴史あるブラットリー公爵家の敷地の中で、最も古いのはこの建物ということになる。

私は緊張を覚えながら、礼拝堂の扉に触れた。

特別な行事のとき以外施錠してあるはずの扉が、薄く開いた。

どうやらデボラはまだ中にいるようだ。

私は一度深呼吸すると、木の重い扉を押し開いた。

礼拝堂と言っても、本堂の他は聖職者の控室が一つあるだけの慎(つつ)ましやかなものだ。

公爵家に子どもが生まれると、代々この礼拝堂で洗礼を受ける。洗礼だけではない。結婚式も終油(しゅうゆ)の秘蹟も、ここで行われるのだ。

そのがらんとした礼拝堂に、見知らぬものがあった。

書見台が所定の位置からずれていて、そこに空いた穴から地下へ続く階段が露(あらわ)になっていたのだ。

私は何度もこの礼拝堂に出入りしたことがあるが、こんなところに階段があるとは知らなかった。

階段のある穴を覗き込み、ヒパティカは顔に皺を寄せる。

「嫌なにおい」

私には埃っぽいということしかわからなかったが、ヒパティカには何か別に感じるものがあるらしい。

そしてその古ぼけた階段を下りた先には、例の屋敷の地下と同じようにあちこちに古代文字が刻まれ、それらが星のようにぼんやりと光っていた。

先客が持ち込んだランプによって、巨大な女の影が壁に映し出されている。

影は机の上のものを必死に鞄に押し込んでいたが、私の存在に気づくと動きを止めた。

「――デボラ」

声をかけると、彼女は乱れた髪の間からじろりとこちらを見た。

いつもは綺麗に結い上げている髪を振り乱し、赤い瞳はひどく充血している。

続いて、大きな舌打ちの音が聞こえてきた。何度も、何度も。

「よくここがわかったね。セシリア」

まるで一夜にして老婆に変わったかのような、しわがれた声だった。

「デボラ、あなたがお父様を殺したの？」

私の問いに、デボラはまるでレイリがするような引き攣った笑いをこぼした。

「ひーっひっひ！　殺したなんて人聞きが悪い。お前だってあの父親を憎んでいたくせに」

「関係ないわ。あなたが現れなければ、憎むこともなかった。全部あなたのせいよ！」

こんなことを言ったところで、もう父が生き返らないことはわかっている。

ただ、反目したままの別れになってしまったのが、どうしようもなく苦しい。

私と母を追い出した憎い父だとしても、ならせめて最後に恨み言の一つも言いたかった。

デボラが魅了を使ったのが先かそれとも父が彼女に心を奪われたのが先かはわからないけれど、最後に一度何を考えていたのか聞きたかった。

私に対してずっと厳しかったのは、私のためを思ってだったのか、それとも本当に道具のように思っていたからなのか、と。

だが、それを確かめるべき相手はもういない。

「ったく、術になかなかかからないと思ったが、まさかあんたも魔女だったとはねぇ。どうりで殺そうとしてもなかなか死ななかったわけだ。追い出すなんて甘いことをしないで、さっさと殺しておくべきだったよ」

私を殺さなかった後悔を、デボラが語る。

いくら嫌われていたと知っていても、あまり心地のいいものではない。

だが、彼女に対して憎しみと後悔を抱えているのはこちらも同じだ。

「あなたは卑怯な人ね。娘を使ってパーシヴァルの宮廷をかき乱して、自分は安全な公爵家の夫人に収まって贅沢三昧。誇りもない、信念もない、ただただ我欲に溺れて身を滅ぼした。今の自分の姿を鏡で見てみたら？　美しささえも失って、もう誰もあなたに見向きもしないでしょう」

敢えて、デボラを煽る。

私の目には、デボラの周囲に回遊する例の羽虫が、びくりと波打ったのが見えた。

そして彼女の身体から、黒い寒気(さむけ)のするような羽虫が、大量に噴き出してくる。

「セシリア！」

成り行きを見守っていたヒパティカが、純白のグリフォン姿に転じる。

地下室の中は狭そうだが、そんなこと構ってはいられない。

ここに来るまで魅了の魔力を大量に吸ったヒパティカの優位は圧倒的だった。

レオンにそうしたときに感じたように、私が不調を覚えることもない。

問題は、魅了の魔法をかけられた人たちと違って、デボラの羽虫はどれだけ吸われてもなくならないところだろうか。

彼女は魅了にかかっているわけではない。

彼女自身が、この羽虫を生み出している根源なのである。

つまりこの羽虫がいなくなるということは、デボラが力尽きたということ、つまり彼女の最期(さいご)を意味していた。

私はふと、レイリとの会話を思い出した。

彼女はデボラの力が弱まれば、ようやく近づくことができると言っていた。

魔女と守護精霊は共に生まれる。

一緒に生まれた相手に邪険(じゃけん)にされたレイリの悲しみは、想像を絶する。その彼女がデボラと再会したとき、一体何を思うのだろう。

もしかしたら、デボラをここまで追い詰めた私たちを、恨むのではないだろうか。

あれほど父に憎しみを覚えていながら、その父を殺したデボラを私が赦せないでいるように。

そんなことを考えたのがいけなかったのかもしれない。

「だめだセシリア、余計なことを考えたら！」

「え？」

ヒパティカが吠(ほ)えた。

その直後、大量の羽虫が私に襲い掛かる。

全身にちくちくと何かが刺さるような痛みを覚え、視界はすぐに真っ暗になった。

＊＊＊

耳をつんざく羽の音。何も見えないし、何も聞き取れない。焦りと恐怖がないまぜになり、私の心を満たしていく。

私もデボラも、精神に働きかける属性の魔法だ。

やがてどこからか、歌が聞こえてきた。ヒパティカの声は聞こえないのに、その歌だけははっきりと耳に届く。

お姫様の歌だ。

歌声は、デボラのものだった。

視界になぜか、見たことのない風景が浮かぶ。

アルバートとアンジェリカが、仲睦まじげに笑い合っている。

どうしてこんなものが見えるのだろう。自分には関係ないと思うのに、どうしてか胸が痛む。

多分——ライオネルとアンジェリカが親しげにしているのを初めて見たときよりも、よほど強く。

婚約者であるライオネルとアンジェリカが離れて行ったときよりも、ただの友人で一時は憎しみの対象だったアルバートが離れていく方がつらいなんて、おかしな話だ。

彼と再会したとき、私は彼の謝罪を受け入れなかった。受け入れられなかった。

けれど旅の間に、彼が口だけの人ではないということがわかった。

深い悔恨の念を抱き、なんの利益もないのに私を助け、ただただ労わってくれた。

そんな人を、私は他に知らない。

人を信じられなかった自分が、アルバートのことならば少しずつ信じられた。

少なくとも、裏切られるかもしれないと心に壁を作る必要はなかった。

今になって気づく。

そうか私は——いつの間にかアルバートを信頼していたのだ。仲間として、大切な人として、心の深い場所に受け入れていたのだ。

そのアルバートが、再びアンジェリカの虜となっている。

二度目だからと言って、平気だということはない。

むしろ過去よりも今の方が、よほどつらくて胸が痛い。

「やめて……っ」

思わず、声が漏れた。

心がどんどんどす黒いものに染まって、苦しくて息もできない。

そのとき私は完全に、デボラの魔法にからめとられてヒパティカの声も聞こえないほどだった。

＊＊＊

「だめだセシリア！　絶望に心奪われないで。心が揺らいでしまったら、僕は戦えない！」

セシリアの、心の揺らぎ。

デボラの魔力を吸いこんでいたヒパティカに、それは如実に感じられた。

アンジェリカを討つという強い信念こそが、ヒパティカの魔力を支えていたのだ。ゆえに、どんなに強力に魅了をかけられた相手であっても、躊躇なく対峙することができた。

精神に働きかける魔女に必要なのは、どんなことにも動じない心の強さだ。

だが、セシリアは今、父の死に直面し動揺していた。

そしてその死によってできた心の隙をデボラによってこじ開けられ、彼女の魔法に取り込まれてしまったのだ。

セシリアは今、黒い羽虫に全身を取りつかれ、まるで黒い一つの塊のようになっている。

魔力を吸われ瀕死の状態ではあったが、死にたくない、消えたくないというデボラの本能は、魔法の増強に一役買っていた。

有利を確信したデボラが、歌を歌う。

美しい声で人を魅了し、思うままに操る恐ろしい魔法だ。

セシリアがレイリを想い、デボラを倒すことをためらったことで、彼女の心には揺らぎが生じた。

その小さな揺らぎが、死にかけのデボラにチャンスを与え、さらにはヒパティカの弱体化を招いてしまったのだ。

吸っても吸っても、セシリアを取り囲む羽虫は増えるばかりでちっとも減らない。

ヒパティカは気づいていなかったが、彼の力も確実に弱まっていた。守護精霊の強さは魔女の強さに直結する。

セシリアが弱体化してしまえば、ヒパティカの弱体化もまた避けられないのだ。

ヒパティカは必死に、苦しみにあえぐセシリアを助けようとした。

だが、彼女が我を忘れるほどに力が弱まり、ヒパティカが力を失うほどにデボラの術が強まるという、悪循環に陥(おちい)っていた。

一曲歌い終え、デボラが高らかに笑い声を上げる。

「目覚めて間もない魔女が調子に乗りおって。お前も父親と同じところに送ってやろう！」

そしてデボラは、なおも歌う。

美しい顔は見る影もなくやつれていたが、その歌声だけはどこまでも澄んでいる。

人を虜にする歌声。

こんな場面でなければ、彼女に邪悪な野望さえなければ、人々はその美しさにいつまでも聴き入っただろう。

だが彼女の聴衆は、セシリアもヒパティカも共に苦しみ喘いでいた。

ヒパティカは苦しそうに脚を折り、もはや黒い塊となったセシリアを切なげに見つめている。

そんな中でセシリアは、湧き上がる強い悲しみに戸惑い、戦っていた。

心は悲しみに満ち満ちて、もう立ち上がる気力もない。

以前国を追われたときも深く絶望したものだが、そのときは自分よりも弱い母親がいた。

母を守らなければと奮起することで、彼女は生きることを諦めずにすんだのだ。

だが今は、母は遠くテオフィルスにおりアルバートの庇護を受けている。

アルバートはパーシヴァルにいるものの、彼の側近であるセルジュがいいように取り計らってくれるだろう。

もう誰も、自分を必要としていないのではないかという気がした。

彼女が見ているのは、デボラが作り出す幻覚である。

実際に、アルバートとアンジェリカがむつみ合っている事実は存在しない。

だが魔法で作り出された幻覚はあまりにも鮮明で、セシリアにこれが幻覚であると思わせないほどの説得力があった。

デボラの歌はセシリアの精神に入り込み、最も柔らかい場所を傷つけていた。それこそが彼女の魔法の恐ろしさであり、パーシヴァル王国がこんなにも毒されてしまった原因でもある。

国そのものは巨大でも、それを動かしているのは所詮人である。

デボラは歌を通じて国の人々に不安の種をまいた。その種はあちこちで芽吹き、悲しみや不安を与え更に広がっていった。

セシリアの父であるブラッドリー公爵も、王太子であるライオネルも、そして国王ですらその魔の手からは逃れられなかった。

王族は孤独である。その心の隙を、デボラにいいように利用されたのだ。

レヴィンズ侯爵が魔女でもないのにデボラに対抗し得たのは、ひとえに彼が戦いに勝つ強靱(きょうじん)な精神を持っていたためである。

やがてセシリアは身動きをやめ、ヒパティカはついにその場に崩れ落ちた。

黒い羽虫は勢いと数を増して、少しずつ地下室から出て行く。そして再びこの国を支配しようと、あちこちへ飛んでいく。

だが――……。

デボラは気づかなかった。

己の魔法によって閉じ込められたセシリアが、幻覚によって我を失っている彼女が、己の手をスカートの隠しポケットに滑り込ませていたことに。

セシリアはジリアンから受け取った小瓶を、そこに隠していた。

蓋(ふた)を開けているような余裕はない。

彼女は小瓶を取り出すと、近くにあった石に勢いよく叩きつけた。

＊＊＊

ドオォォン
遠くに爆音が響いた。

地下牢から連れ出したレヴィンズ公爵を介抱していたアルバートは、音に反応して顔を上げる。

なにごとかと音の方を見ていると、しばらくして黒い煙が立ち上った。

城からそう離れていない。

高位の貴族たちが住む区画だ。

その音のする方を見つめ、アルバートは青ざめた。

めた。

「行ってくれ」

老齢で拷問に耐えていたレヴィンズ侯爵の言葉に、アルバートは弾かれたようにその老人を見つめた。

アルバートが見つけた時、既に彼は半死半生の状態だった。

意識を取り戻してから、まだそれほど経っていない。

味方が少ない今、とてもではないが離れられる状態ではないのである。

だが、自分の状況をよく理解しているらしい老人は、更に言葉を重ねる。

「儂は……人生の中でたくさんの後悔をしてきた。戦争に後悔はつきものだ。助けが間に合わず部下が死んだことも、一度や二度ではない……」

「侯爵！　それ以上喋っては……っ」

アルバートの制止も聞かず、レヴィンズ侯爵は言葉を続ける。

「儂はその後悔を……命の恩人にしてほしいとは思わん。老いぼれのことなど放っておけ。ここで死ぬなら、儂もそれまでの男だったと言うこと……っ」

言葉を言い切ることなく咳き込んだ侯爵は、血を吐いた。

「侯爵！」

アルバートは焦燥に焼かれながら、立ち上る黒い煙を見つめた。

そして再び意識を失った侯爵を背中に背負うと、彼を安全な場所に運ぶべく走り始めたのだった。

＊＊＊

私は死んでしまったのだろうか？

記憶にあるのは、ジリアンから預かった小瓶をどうにか割ったところまでだ。

その直後に視界は真っ白い光で覆われ、激しい揺れと轟音で天地すらわからなくなった。

今もまだ、視界は白く染まったままだ。音は聞こえなくなった。身体は感覚がなくふわふわとしている。

これが死後の世界なのかもしれない。

デボラは倒せたのだろうか。ヒパティカは無事だろうか。アルバートは――。

気になることは多かったが、死んでいるのならもうどうしようもない。

悔いの多い人生だった。魔女は何百年も生きると聞いていたのに、私ときたら普通の人間よりも寿命が短いじゃないか。

死んだから、ヒパティカが私の死体を食べてくれるのだろうか。

死体がなかったら、アルバートは私がどこに行ったのかもわからず探し続けるかもしれない。

それともさっさと忘れるだろうか。

叶うなら、少しぐらいは探してほしいと思う。

いつか誰かと結婚して幸せになるのだとしても、私のことを心の片隅に置いておいてほしい。

こんなことを思うのはわがままだろうか？

「セシリア」

え？

「セシリア、起きるんだ」

「……え？」

ついに天からの迎えが来たかと思ったら、私を起こしたのは白い大きな何かだった。

白いふわふわとした毛皮を持ち、赤く澄んだ目をした巨大な熊。ふわふわしていたのは私が熊に赤ん坊のように抱えられていたかららしい。

熊の大きな口には、赤いまだらの模様がついている——血の跡だ。

「ああ、起きてよかった」

驚いたことに、熊は人の言葉を喋った。

いいや、人の言葉を喋ったどころではない。その声は聞き覚えのあるものだった。

「レイリ、なの？」

「そうだ。この姿を見せるのは初めてだったな」

もう大丈夫だと判断したのか、熊は私を地面に下した。

あたりの風景は一変していた。

礼拝堂があった場所に、巨大な穴が開いている。

どうやら例の小瓶が破裂して、礼拝堂ごと地面を吹き飛ばしたらしい。

その被害は隣接する公爵家の屋敷にまで及んでいた。

ジリアンは、よくもまあこんな危険なものを説明もなしに私に持たせたものだ。

次に会ったら、一言言っておかねばならないだろう。

よく見ると、グリフォン姿のヒパティカもまた、心配そうにこちらを覗き込んでいた。

ヒパティカが頭を伸ばしてきて、ぐりぐりと私の頭に擦り付けてくる。心配してくれたのだろうが、少し痛い。

どうにかヒパティカをなだめて、ぼんやり穴を見ているレイリに尋ねた。

「食べたの?」

なにがとは、言わなかった。

けれどレイリにはわかったようで、彼女はこくりと頷くと見慣れた人間の姿になった。

「爆発で命の危険を感じたのだろうな。まさかそれで引き寄せられてきた守護精霊が、とどめを刺すとは思わなかっただろう」

レイリは複雑そうな顔をしていた。

念願が叶ったはずなのに、その顔は悲しそうにも見える。

「これからどうするの?」

その寂しげな横顔に、思わず聞いてしまった。

まさかそんなことを聞かれるとは思っていなかったのか、レイリは少し驚いたような顔をした。

そしてすぐに、慈愛に満ちた表情を浮かべる。

「あそこだ」

そう言って彼女は、真上を指さした。そこにあるのは空だけだ。

そして彼女の身体が白い光に包まれたかと思うと、ほろほろと崩れて少しずつ空に昇っていく。

私は以前聞いた彼女の話を思い出した。

「神様になるのね」

レイリは答えなかった。もう答えられなかったのかもしれないし、それともそうだと言っていたのかもしれない。

やがてレイリの身体が消え去ると、あたりにはひどい有様（ありさま）の女が一人と、グリフォンが一頭。それに粉々になった礼拝堂の跡地が残された。

全てが終わったはずだが、なんだか実感がない。

そのままぼんやりと空を眺めていると、突然名前を呼ばれた。

「セシリア！」

声がした方に振り返ると、そこには息を乱したアルバートが立っていた。

いつの間に現れたのだろう。ともに王宮に赴（おもむ）いたのは今日の出来事のはずなのに、なんだか随分と久しぶりに会った気がした。

一度は、もう二度と会えないかと思っていた相手だ。

「アルバート」

返事の代わりに名を呼べば、彼はあっという間に私との距離を詰めて抱き着いてきた。

彼の身体の熱さに、自分が生きているのだと実感した。

「よかった！　生きていてくれてっ」

アルバートが、感極まったように叫んだ。

「爆発したのがブラットリー公爵の屋敷だと知って、頭が真っ白になった。君が巻き込まれてしまったんじゃないかと……っ。本当によかった。生きていてくれて」

アルバートが私を強く抱きしめるせいで、背骨が少し痛かった。

それでも、嫌だとは思わなかった。

私は本能に従って、そろそろと彼の背中に手を伸ばした。

「……え？」

まさか抱きしめ返されると思わなかったのか、アルバートは身体を離すと驚いたようにこちらを見た。

私はにっこり笑って、もう一度彼との距離をゼロにした。

「ただいま」

やっと帰ってきた。
なぜかそう思った。

エピローグ

白いカーテンが揺れている。

自分で縫った、お気に入りのカーテンだ。

「おかあさま！」

小さなレイリが、抱っこをねだって足元に寄ってくる。

小さなふりふりのドレスも、私がこの手で縫ったものだ。

「あのね、あのね、ひぱちゃんがね」

娘の後を追うように、白い髪の青年が部屋に入ってきた。

「こちらにいらっしゃいましたか」

昔は人の言葉を喋ることすらおぼつかなかったのに、今は驚くほど滑（なめ）らかに喋る。

「お父様がお呼びですよ。ヒパと一緒に行きましょう？」

跪いて娘に手を差し伸べるヒパティカは、精霊であるためか全く老いることがない。

「やーの！　おかあさまにだっこしてもらうのよ！」

乳母（うば）を断って自ら育てたせいか、娘のレイリは五歳になっても甘えん坊のままだ。

そのしぐさはかわいいが、大きくなった彼女を抱えるのはそろそろ辛くなってきた。

「お嬢様。セシリア様が困っていらっしゃいますよ」

「いいわ、ヒパティカ。レイリ、お母様と一緒に行きましょう」

娘の手を引いて、部屋から出る。

我が家は広大で、夫に会うだけでも一苦労だ。

「レイリね、せんせいにほめられたのよ。ごほんを一冊読みおわったの！」

弾けそうな笑顔で報告する娘が、どうしようもなくいとおしい。

「あら、どんなごほんかしら？」

「あのね、まじょが出てくるごほんよ！　いいまじょがわるいまじょをやっつけるのよ！」

興奮しているのか、鼻の穴を大きくしてレイリが言う。

その顔が面白くて、思わず笑ってしまった。

「それでね、まじょにはしゅごせいれいがついてるのよ」

「そうなの」

「そうよ。まっしろでね、あたまがとりであしがししなの」

「まあ、すごいわね」

相槌を打ちつつ、ヒパティカを見ると彼は複雑そうな顔をしていた。

娘はまだ、ヒパティカの本当の姿を見たことがない。

いや、幼い頃に見たことはあるのだが、おそらく覚えていないのだろう。

絨毯の敷き詰められた廊下を進んでいると、向こうからなにやら慌てたような一団がこちらに向かっていた。

「セシリア！」

集団の先頭にいたのは、アルバートだった。

まだ執務の時間であるはずなのに、内宮までやってくるのは珍しい。

「あらあなた、こんな時間にどうなさったの」

アルバートを追いかけていた官吏の一団が、私に気づき慌てて控えの姿勢をとった。

どうやら無理やり執務を抜けてきたアルバートを、ここまで追いかけてきたようだ。

何かを訴えるような顔で侍従長のセルジュがこちらを見ているので、私は思わずため息をついた。

「急にレイリに会いたくなってね。会いたいと言ったらこの者たちが呼んだというから、小さな足では大変だろうと迎えに来たのだ」

昔はあれほど慎重で思慮深かったアルバートも、何かが吹っ切れたのか今では立派に周囲を振り回している。

「陛下。突然そんなことをされては侍従たちが困ってしまいますわ」

「なに。この程度で参るような鍛え方はしてないさ」

王太子位を辞して私を追いかけてきたと言っていたアルバートだったが、私を連れてテオフィルスに帰ると彼は王太子のままだった。

これは彼が嘘をついたわけではなく、先王陛下とセルジュの陰謀だったわけだ。

いわく、たった一人の王子が王位を継がなければいらぬ争いが起こるだろうと。

それは全くその通りで、少し反発しつつもアルバートは王になるという自分の運命を受け入れた。

私も、ブラットリー公爵位を継いだレオンの姉として、この国に正式に嫁いできた。

由緒正しい公爵令嬢なのになぜか自分で手仕事をやりたがる変わった王妃として、大変ながらも充実した日々を送っている。

あの後、目を覚ましたライオネルはアンジェリカのことを覚えていなかった。

それどころかアンジェリカと出会ってからの三年間の記憶を全て失っていて、かつての自分の行いを教えられるたび信じられないと呻くばかりだった。

とはいえ、王と王太子が正気を取り戻したパーシヴァルは少しずつ安定を取り戻し、今でもテオフィルスとは友好国のままだ。

だが過去の行いが近隣諸国に知れ渡っているので、なかなか妃の来手がないと会うたびに愚痴っている。

物心ついてからずっと私と結婚すると思っていたので、どう相手を決めていいかもわからないそうだ。

とはいえ、いつまでも独身のままとはいかないので、その内無理やりにでも結婚させられるだろう。

宰相のクリストフともども独身を貫いているので、最近では男色趣味を疑われているようだ。

そんなことを考えていたら、レイリを肩車したアルバートが私の腰に手を回した。

どうやら今日はこのまま執務を早退してくるつもりのようだ。

「陛下。執務はきちんとなさいませんと」

「家族を大切にするのも俺の大切な仕事だよ」

そう言われてしまえば、それ以上言い返すことはできない。

私も大概、夫に甘いのだ。

「あら、私たちを大切にするのはお仕事ですの？」

そういってわざとらしく口をとがらせると、アルバートは苦笑して言った。

「悪かった。ただ俺が一緒にいたいだけだ」

私もアルバートも、過去のすれ違いから言葉を惜しまなくなった。

人間の一生は、魔女に比べてあまりにも短い。言葉を惜しんでいる暇などないのだ。

いつかアルバートに寿命が訪れたら、私もヒパティカに食べてもらおうと決めている。

一度はすべてをなくして絶望したけれど、愛する人と結婚して子どもまで授かることができた。

今ではアンジェリカに感謝さえしている。彼女が現れたおかげで、私は本当に愛する人と結婚することができたのだから。

ライオネルに忘れられた後、彼女は国を混乱させた罪で投獄されたそうだ。

もうあれから十年以上が経った。

既に釈放されたそうだが、公爵家には姿を見せていないそうだ。

と言っても、レオンが裏で手を回して公爵家と彼女の間にはなんの関係もないということになっているらしいが。

彼女もまた、どこかで平穏に暮らしてくれていればいいと思う。


人間は、他人から与えられたものだけで満足するのが難しい生き物だ。

おそらく自分で努力して手に入れなければ、十分に与えられていても飢え続けるしかない。

だからこそアンジェリカは、飢えて次々に愛を得ようとした。

自分で手に入れた愛ならば、一つで十分満たされる。そしてその愛が、また新しい愛を育むのだ。

彼女にもう一つだけ、伝えたいことがある。

それは――私は悪役ではなく、私の人生の主役なのだと。

番外編　思い出の花束

あれはもう、どれほど前のことだっただろうか。

私には、魔女がいた。同時にこの世に生まれ落ちた、私だけの魔女。

守護精霊はみな、等しく己の魔女を愛しく思う。生まれ落ちたその瞬間に、自分の使命はこの魔女を守ることなのだと知る。

私の魔女は、あまり恵まれた生まれではなかった。

家は貧しく、魔女はいつも働いてばかりいた。

私は精一杯、彼女の手伝いをした。薪を拾う彼女について回って、おいしい木の実を見つけると喜ばれた。

寒さに凍える夜は、身を寄せ合って眠った。

お前がいると温かいと言われて、どれほど嬉しかったか。

きっとあなたは知らないだろう。

思えば――あの頃が一番幸せだった。

＊＊＊

魔女は美しく成長し、私はそんな魔女が自慢だった。

魔女の能力は、歌だった。酒場や広場で歌を歌うと、たちまち評判になり沢山の人が集まるようになった。

おかげで魔女とその家族は、ひもじい思いをしなくてもよくなった。いつもイライラしていた両親は優しくなり、弟妹もお腹を空かせて泣かなくてもよくなった。

魔女は己の力が誇らしそうだった。私もそんな魔女が誇らしかった。

そんなある時、偶然街角で歌っていた魔女を、裕福な商人が見初めた。親子以上に年の離れた男だった。

降って湧いた縁談に、魔女の両親は狂喜した。その商人に娘を嫁がせれば、一生遊んで暮らせるほどの金が手に入るとわかったからだ。

魔女は最初、その結婚を嫌がった。私は常に魔女の味方だ。嫌ならば一緒に逃げようと誘った。

けれど最終的に、魔女はその運命を受け入れた。家族が喜ぶのならいいのだと、無理に自分を納得させたようだった。

結婚生活は、あまり幸福なものではなかった。

商人が愛したのは、魔女の美しさと歌のみだった。魔女の優しさもその心も、商人にとってはどうでもいいものだった。

意に染まぬ生活に泣き暮らしていた魔女だったが、愛情は与えられなくとも金だけは浴びるように与えられていた。

そこで魔女は、金の力で己の孤独を満たす方法を知った。

宝石やドレスを買いあさり、若い男をはべらせ、彼女は自分の心を満たそうとした。

もう、木の実を見つけたくらいでは魔女は喜んでくれなかった。それどころか、私のことなんて見向きもしなくなった。

彼女は己の魔力よりも、金の魔力に夢中になってしまったのだ。

やがて商人が死に、魔女の家族も死んだ。

いつまでも若いままの魔女は普通ではないと噂されるようになり、その街にはいられなくなった。

彼女は商人の遺産を持って別の国に渡り、今度は歌の力を用いてその国の王を夢中にさせた。

歌の力で、王だけでなくその臣下たちも虜にしてしまった。

私は彼女に、何度もやめるようお願いした。

人の心を弄ぶ魔法を使っていては、決して魔女が幸せにはなれないと思った。

高価な宝飾品に身を包み夜ごとパーティーに通っても、魔女が心の底から幸せだとはどうしても思えなかったのだ。

私と魔女は、心でつながっている。

守護精霊は、もう一人の魔女なのだ。

そんなある日、魔女は突然私を殺そうとした。

どうやらどこからか、守護精霊は魔女の遺骸を食べると聞いたらしい。

それは、真実だった。けれど、だからと言って守護精霊が魔女を殺そうと企むことなんて絶対にない。

なぜなら守護精霊は、魔女を守るため、たった一人の魔女のために生まれるのだから。

けれどいくら私がそう言っても、彼女は私の話など聞き入れてはくれなかった。

けれど私が死ねば、魔女も死ぬ。

だから苦肉の策として、魔女は私をはるか遠くの地まで飛ばし、己の場所がわからないよう魔法をかけた。

それからは、悲しみと孤独の日々だった。

魔女のために存在する守護精霊が、魔女を失ったのである。

己の存在意義を失い、私はあてどなく各地を放浪した。

放浪の中で、もしかしたら魔女の居場所がわかるかもしれないというかすかな希望に縋って生きる日々。

そんな中で、かつて私が暮らした国が、亡びたと耳にした。

悪女によって篭絡された王が、乱心したのだと。

どうしてこんなことになったのかと、私は深い悲しみの中にいた。

そして疲れ果て、衰弱していった。

それを救ったのが、テオフィルス王国の王女だった。

彼女は衰弱して人の姿を保てなくなった私を見つけ出し、人からすれば恐ろしいだけだろうに、かいがいしく私の世話をしてくれたのだ。

王女は私の毛皮が心地いいと、いつまでも撫でてくれた。

おそらく王女の先祖には魔女がいたのだろう。彼女も少しだけ魔力を持っていて、その力で私の身体は少しずつ回復していった。

彼女に、魔女との話はしなかった。

まだ口から出すことができるほど、私の心の傷は癒えてはいなかったからだ。

けれど王女は、何も聞かなかった。ただ私と一緒にいるのが楽しいと言ってくれた。

やがて王女は、義務を怠り快楽にふける己の兄を亡き者とし、自らが女王となった。

私は自ら魔女を名乗り、彼女の治世を助けた。

そして彼女が死した後、王となったその子どもにもしものときには呼ぶようにと伝え、私はテオフィルスを去った。

それからしばらくは、物見遊山で各地を放浪する日々が続いた。

あわよくば魔女が見つかるかもしれないという期待はあったけれど、私はもう魔女に対して何の期待もしていなかった。

そんなある日、風の噂でテオフィルスのお触れについて耳にした。

その中に私を呼ぶための符牒が含まれていたので、大層驚いたものだ。

そしてテオフィルスを訪れた私は、驚愕した。

隣国に留学していたという王子から、私の魔女の使う魔法の残滓を感じたからだ。

私は国王の願い通り、アルバート王子とその侍従から魔法と取り去るべく、尽力した。

守護精霊である私は、魔女がいなければ大した魔法を使うことができない。

だから王子とその侍従には大層苦しい思いをさせてしまったが、それでもなんとか時間をかけてその魔法を解くことができた。

そしてその事実をもって、私は確信した。

アルバート王子に魔法をかけたのは、間違いなく私の魔女であると。

もし別の魔女がかけた魔法なら、どれだけ時間をかけても私では解くことができなかっただろう。

王子の魔法が解けると、私は自分の魔女に会うべく、すぐにでも隣国へ向かおうとした。

やっと見つけた、魔女の手がかりだ。

どれだけ時間を経ようと、私の魔女を恋しがる気持ちは決して褪せるものではなかった。

けれど同時に、私に良くしてくれた王女の子孫まで苦しめる魔女に、複雑な想いを抱いてもいた。

どうしてこんなにも変わってしまったのだろうか。

かつての彼女は、家族のために労働をいとわない心優しい少女であったというのに。

その後、王子から魔女の支配下にあっても心変わりしなかった娘の話を聞き、私は興味を持った。

なぜかと言えば、魔女の力に対抗できる者は、同じく魔力を持つ魔女以外にはありえないからだ。

もし本当にその娘に魔力があれば、私の魔女を止めることもできるかもしれない。

私はもう、私の魔女に罪を重ねてほしくなかった。人を惑わし国を滅ぼし、魔女の行状は悪くなっていく一方だったからだ。

そして待ちきれず侍女の姿に化けて会いに行った娘は、守護精霊を連れた本物の魔女であった。

だが何が邪魔をしたものか、魔女は己の守護精霊に気づいておらず、娘を助けるために力を使い続けた守護精霊は、力を使い果たし存在そのものが希薄になっていた。

残酷かもしれないが、私はこのときある決心をした。

セシリアと名乗るその娘を利用して、自らの苦しみに終止符を打とう――と。

それから、いろいろなことがあった。

魔女の術にもかからず隣国を生きて逃げ出した娘は、気が強くなかなか周囲に心を赦さなかった。

私はそこに、娘の心の傷の深さを見た。

そんな娘を訳も話さず利用しようだなんて、自分はなんて卑怯なのかと思うこともあった。

だがこの気の強い娘は、事情を話したらなおさら協力してはくれないだろう。そう思うと、どうしても言えなかった。

やがて娘は、魔女と対決するため隣国へ向かうことになり、私もその旅に同乗した。

だが驚くことにアルバート王子が傭兵に身をやつしてまでついてきたので、ならばお邪魔虫は別の仕事をしようと思い、各地を回って魔女の歌を相殺する歌を流行らせた。

今のセシリアの力では、時を経た魔女には敵わない。

私にできることはできるだけ魔女の力を弱め、セシリアが魔女を倒すことができるよう協力することだった。

それに守護精霊である私が不用意に近づけば、魔女に察知されてしまう危険性がある。

そういう意味では、アルバート王子がついてきてくれたのは好都合だった。

そしてセシリアとその守護精霊であるヒパティカは、私の想像を上回る勢いで魔女の魔法を駆逐し、その力を取り込んでいった。

驚くべきは、彼女の行動力だった。

もとは深窓の令嬢であったと聞いているが、私の知るセシリアは何があろうとめげない、打たれ強さを持っていた。

私は、ヒパティカのことがうらやましかった。

セシリアならばきっと、真実を知ってもヒパティカと遠くへやったりはしないだろうと思えたからだ。

そしてセシリアとヒパティカを見ていることで、私の覚悟も決まった。

魔女と守護精霊は、お互いに補い合わねばならない。

もし片方が悪に魅入られているのならば、片割れである私がどうにかしなければいけないと、そう思った。

私は魔女がセシリアに気を取られている間に慎重に近づき、そして魔女を亡き者とした。

自ら魔女の命を刈り取るのは耐え難い痛みを伴ったが、同時にもう二度と離れなくて済むという安堵を感じた。

これでセシリアともお別れだ。

私の短いようで長かった生が、ようやく終わる。

魔女と融合した守護精霊は、神となるのだ。

私は最後に、セシリアとアルバートのこれからの幸せを願った。

どうか私が魔女を幸せにできなかった分まで、彼らには幸せになってほしいと深く願ったのだ。

脇役令嬢に転生しましたが シナリオ通りには いかせません！

著：柏（かしわ）てん　イラスト：朝日川日和（あさひかわひより）

乙女ゲームの世界に転生してしまったシャーロット。彼女が転生したのは名前もない悪役令嬢の取り巻きのモブキャラ、しかも将来は家ごと没落ルートが確定していた⁉

「そんな運命は絶対に変えてやる！」

ゲーム内の対象キャラクターには極力関わらず、平穏無事な生活を目指すことに。それなのに気が付いたら攻略対象のイケメン王太子・ツンデレ公爵子息・隣国の王子などに囲まれていた⁉　ただ没落ルートを回避したいだけなのに！

そこに自身を主人公と公言する第2の転生者も現れて――⁉

自分の運命は自分で決める！　シナリオ大逆転スカッとファンタジー！

詳しくはアリアンローズ公式サイト http://arianrose.jp

アリアンローズ　検索

ぬりかべ令嬢、嫁いだ先で幸せになる

著：デコスケ　イラスト：封宝（ほうほう）

ウォード侯爵令嬢の長女ミアは、父の再婚をきっかけに義母と義妹に虐げられる生活を送っていた。厚化粧で壁の花となるミアの影のあだ名は“ぬりかべ令嬢”。そんなミアの心の支えは、かつて街で偶然出会ったイケメン皇太子・ハルのことをそっと胸に抱くことだった。

ある日、義母の策略で変態貴族と結婚させられそうになったミアはついに家出を決意する。その先で待っていたのは、王都で一番人気のコスメを扱う大商会での店員生活。そこで自分に秘められた魔力があることがわかり——!?

そしてミアは初恋の相手・ハルと無事再会できるのか!?

さまざまなキャラ視点が交錯するざまぁ系異世界奮闘記、開幕！

詳しくはアリアンローズ公式サイト　https://arianrose.jp/

アリアンローズ　検索

婚約破棄をした令嬢は我慢を止めました

著：棗（なつめ）　イラスト：萩原 凛（はぎわら りん）

公爵令嬢ファウスティーナは王太子ベルンハルドに婚約破棄されてバッドエンドを迎えてしまう。次に目覚めると前回の記憶と共になぜか王太子に初謁見した時に戻っていた。

今回こそは失敗しないために『我慢』を止めて、自分の好きなことをして生きていこうと決意するファウスティーナ。

「私は王太子殿下と婚約破棄をしたいの!!」

でも王太子が婚約破棄してくれず兄や妹、更に第二王子も前回と違う言動をし始める。運命の糸は前回よりも複雑に絡み始めて!?

ＷＥＢで大人気!!　前回の記憶持ち令嬢による、恋と人生のやり直しファンタジー！

詳しくはアリアンローズ公式サイト https://arianrose.jp/

アリアンローズ　検索

転生令嬢、今世は愛する妹のために捧げますっ！

著：遊森謡子（ゆもりうたこ）　イラスト：hi8mugi（ひやむぎ）

トラークル侯爵家の令嬢・リーリナには妹のシエナがいた。明るく美しいリーリナと引っ込み思案なシエナは一見仲が悪そうに見えるが、実際は相思相愛な姉妹だった。そんなある日、リーリナは前世の記憶を思い出す。自信がなく、控えめだった故に早死にしてしまった前世の自分。その様子はまるで現世の妹、シエナのようだった。

「シエナには、前世の自分のような人生を歩んでほしくない！」

リーリナは愛する妹の未来をより幸せにするため、前世の知識を活かした作戦を計画する。その作戦は妹のみならず、イケメン公爵子息や従兄の騎士、親しい友人たちを巻き込んでどんどん広まっていき――!?

遊森謡子の完全書き下ろし！　前世の知識で妹を幸せにしたい姉の大改革ファンタジー！

詳しくはアリアンローズ公式サイト https://arianrose.jp/

アリアンローズ　検索

三人のライバル令嬢のうち〝ハズレ令嬢〟に転生したようです。
～前世は病弱でしたが、癒しの魔法で今度は私が助けます！～

著：木村 巴　イラスト：羽公

公爵令嬢のリリアーナは、五歳の時に病弱な女子高生だった前世の記憶を取り戻す。

庭でのピクニックなど、前世では叶えられなかったささやかな願いを一つずつ叶えていくリリアーナ。そんなある日、呪いと毒で命を落としそうになっている少年クリスと出会う。癒しの魔法で彼を救ったことで、彼女は人々のために力を役立てたいと決意する！

数年後、リリアーナは三人の王子の婚約者候補として城に招かれる。そこで出会ったのは、王子の姿をしたクリスだった……！　さらに、前世の乙女ゲームに登場したライバル令嬢の二人も招かれていて……!?

転生先で前世の心残りを叶える、読むと元気になれる異世界転生ファンタジー！

詳しくはアリアンローズ公式サイト https://arianrose.jp/

アリアンローズ　検索

身代わり伯爵令嬢だけれど、婚約者代理はご勘弁！

著：江本（えもと）マシメサ　イラスト：鈴ノ助（すずのすけ）

アメルン伯爵家の分家に生まれたミラベルは、容姿がそっくりな本家の従姉アナベルと時々入れ替わり、彼女の身代わりとして社交界を楽しんでいた。そんなある日、ミラベルは、アナベルから衝撃的なお願いをされる。

「あなたの大好きなジュエリーブランド“エール”のアクセサリーをあげるわ。代わりに、婚約関係でも“身代わり”になってちょうだい」

“エール”に目がないミラベルは思わず首を縦に振ってしまう。しかしその婚約相手は冷酷無慈悲で“暴風雪閣下”の異名を持っているデュワリエ公爵で……!?

ちょっぴりおっちょこちょいな伯爵令嬢によるラブコメディ第一弾！

詳しくはアリアンローズ公式サイト　http://arianrose.jp

アリアンローズ　検索

大人気小説のコミカライズ、続々登場!

アリアンローズコミックス

各電子書店にて好評配信中!

魔導師は平凡を望む
漫画:太平洋海
原作:広瀬 煉

誰かこの状況を説明してください!
~契約から始まるウェディング~
漫画:木野咲カズラ
原作:徒然花

転生王女は今日も旗(フラグ)を叩き折る
漫画:玉岡かがり
原作:ビス

ヤンデレ系乙女ゲーの世界に転生してしまったようです
漫画:雪狸
原作:花木もみじ

悪役令嬢の取り巻きやめようと思います
漫画:不二原理夏
原作:星窓ぽんきち

悪役令嬢後宮物語
漫画:晴十ナツメグ
原作:涼風

観賞対象から告白されました。
漫画:夜愁とーや
原作:沙川 蜃

転生しまして、現在は侍女でございます。
漫画:田中ててて
原作:玉響なつめ

平和的ダンジョン生活。
漫画:睦月伶依
原作:広瀬 煉

起きたら20年後なんですけど!
~悪役令嬢のその後のその後~
漫画:おの秋人
原作:遠野九重

侯爵令嬢は手駒を演じる
漫画:白雪しおん
原作:橘 千秋

詳しくはアリアンローズ公式サイト

https://arianrose.jp/

アリアンローズコミックス 検索

アリアンローズ既刊好評発売中!!

最新刊行作品

騎士団の金庫番 ①～②
～元経理OLの私、騎士団のお財布を握ることになりました～
著／飛野 猶　イラスト／風ことら

ようこそ、癒しのモフカフェへ！ ①～②
～マスターは転生した召喚師～
著／紫水ゆきこ　イラスト／こよいみつき

身代わり伯爵令嬢だけれど、婚約者代理はご勘弁！ ①～②
著／江本マシメサ　イラスト／鈴ノ助

婚約破棄をした令嬢は我慢を止めました ①～②
著／棗　イラスト／萩原 凛

三人のライバル令嬢のうち〝ハズレ令嬢〟に転生したようです。
～前世は病弱でしたが、癒しの魔法で今度は私が助けます！～
著／木村 巴　イラスト／羽公

転生令嬢、今世は愛する妹のために捧げますっ！ ①
著／遊森謡子　イラスト／hi8mugi

ぬりかべ令嬢、嫁いだ先で幸せになる ①
著／デコスケ　イラスト／封宝

コミカライズ作品

悪役令嬢後宮物語 全8巻
著／涼風　イラスト／鈴ノ助

誰かこの状況を説明してください！ ①～⑨
著／徒然花　イラスト／萩原 凛

魔導師は平凡を望む ①～㉗
著／広瀬 煉　イラスト／⑪

ヤンデレ系乙女ゲーの世界に転生してしまったようです 全4巻
著／花木もみじ　イラスト／シキユリ

転生王女は今日も旗を叩き折る ①～⑥
著／ビス　イラスト／雪子

お前みたいなヒロインがいてたまるか！ 全4巻
著／白猫　イラスト／gamu

侯爵令嬢は手駒を演じる 全4巻
著／橘 千秋　イラスト／蒼崎 律

復讐を誓った白猫は竜王の膝の上で惰眠をむさぼる 全5巻
著／クレハ　イラスト／ヤミーゴ

悪役令嬢の取り巻きやめようと思います 全4巻
著／星窓ぽんきち　イラスト／加藤絵理子

乙女ゲーム六周目、オートモードが切れました。 全3巻
著／空谷玲奈　イラスト／双葉はづき

起きたら20年後なんですけど！ 全2巻
～悪役令嬢のその後のその後～
著／遠野九重　イラスト／珠梨やすゆき

平和的ダンジョン生活。 全3巻
著／広瀬 煉　イラスト／⑪

転生しまして、現在は侍女でございます。 ①～⑦
著／玉響なつめ　イラスト／仁藤あかね

自称平凡な魔法使いのおしごと事情 シリーズ
著／橘 千秋　イラスト／えいひ

聖女になるので二度目の人生は勝手にさせてもらいます 全3巻
著／新山サホ　イラスト／羽公

魔法世界の受付嬢になりたいです 全3巻
著／まこ　イラスト／まろ

異世界でのんびり癒し手はじめます 全4巻
～毒にも薬にもならないから転生したお話～
著／カヤ　イラスト／麻先みち

冒険者の服、作ります！ ①～③
～異世界ではじめるデザイナー生活～
著／甘沢林檎　イラスト／ゆき哉

妖精印の薬屋さん ①～③
※3巻は電子版のみ発売中
著／藤野　イラスト／ヤミーゴ

どうも、悪役にされた令嬢ですけれど 全2巻
著／佐槻奏多　イラスト／八美☆わん

脇役令嬢に転生しましたがシナリオ通りにはいかせません！ ①～②
著／柏てん　イラスト／朝日川日和

王子様なんて、こっちから願い下げですわ！ ①～②
～追放された元悪役令嬢、魔法の力で見返します～
著／柏てん　イラスト／御子柴リョウ

その他のアリアンローズ作品は https://arianrose.jp/

王子様なんて、こっちから願い下げですわ! 2

～追放された元悪役令嬢、魔法の力で見返します～

＊本作は「小説家になろう」(https://syosetu.com/)に掲載されていた作品を、大幅に加筆修正したものとなります。
＊この作品はフィクションです。実在の人物・団体・事件・地名・名称等とは一切関係ありません。

2021年7月20日　第一刷発行

著者 ……………………………………………… 柏てん
©KASHIWATEN/Frontier Works Inc.
イラスト ………………………………………… 御子柴リョウ
発行者 ……………………………………………… 辻 政英
発行所 ………………………… 株式会社フロンティアワークス
〒170-0013　東京都豊島区東池袋 3-22-17
東池袋セントラルプレイス 5F
営業　TEL 03-5957-1030　FAX 03-5957-1533
アリアンローズ公式サイト　https://arianrose.jp/
フォーマットデザイン ………………… ウエダデザイン室
装丁デザイン ……………………………… 株式会社 TRAP
印刷所 ………………………………… シナノ書籍印刷株式会社

本書のコピー、スキャン、デジタル化等の無断複製、転載、放送などは著作権法上での例外を除き禁じられています。本書を代行業者の第三者に依頼してスキャンやデジタル化することは、たとえ個人や家庭内での利用であっても著作権法上認められておりません。定価はカバーに表示してあります。乱丁・落丁本はお取り替えいたします。

二次元コードまたはURLより本書に関するアンケートにご協力ください

https://arianrose.jp/questionnaire/

● PC・スマートフォンに対応しております（一部対応していない機種もございます）。
●サイトにアクセスする際にかかる通信費はご負担ください。